KiWi
1783

Das Buch

Als Lukas Ohlburg begreift, dass er nicht mehr lange leben wird, zieht sich der emeritierte Biologieprofessor in das Landhaus seiner Familie zurück. Hier will er seine letzten Tage verbringen, sich Erinnerungen und Träumen hingeben und vor allem noch einmal die Nähe der Natur spüren. Denn schon lange hegt Ohlburg den Verdacht, dass ihn die wissenschaftliche Untersuchung der Bäume, Gräser und Moose nicht zu einem tieferen Verständnis der Natur und ihrer Geheimnisse geführt hat, sondern, im Gegenteil, zu einer Entfremdung. Als Körper und Geist inmitten der entlegenen Idylle zu ungewohnter Ruhe kommen, erwacht der Strom der Erinnerungen und entfaltet einen unheimlichen Sog. Auf einmal ist alles wieder da. Die Flucht der Familie vor den Nationalsozialisten, der alles kontrollierende Vater, die erste Liebe und, vor allem, der unfassbare sinnliche Zauber der Natur.

Klaus Modicks 1984 erstmals erschienenes und als »ökologisches Kultbuch« gefeiertes Debüt »Moos« ist ein faszinierendes Stück Nature Writing über unsere von Sehnsucht und Missverständnissen geprägte Verbindung zur Natur.

Der Autor

Klaus Modick, geboren 1951, studierte in Hamburg Germanistik, Geschichte und Pädagogik, promovierte mit einer Arbeit über Lion Feuchtwanger. Seit 1984 ist er freier Schriftsteller und Übersetzer und lebt nach diversen Auslandsaufenthalten und Dozenturen wieder in seiner Geburtsstadt Oldenburg. Für sein umfangreiches Werk wurde er mit zahlreichen Preisen ausgezeichnet, u.a. mit dem Nicolas-Born-Preis, dem Bettina-von-Arnim-Preis, dem Rheingau Literatur Preis und zuletzt dem Hannelore-Greve-Preis. Zudem war er Stipendiat der Villa Massimo sowie der Villa Aurora. Zu seinen erfolgreichsten Romanen zählen »Der kretische Gast« (2003), »Sunset« (2011), »Konzert ohne Dichter« (2015) und »Keyserlings Geheimnis« (2018). Zuletzt erschien »Leonard Cohen« (2020).

Klaus Modick

MOOS

Novelle

Kiepenheuer
& Witsch

Für M. J. G.

Vorbemerkung des Herausgebers

Der Tod von Prof. Dr. Lukas Ohlburg, der im Frühjahr 1981 im Alter von 73 Jahren verstorben ist, hat seinerzeit, über die Grenzen seiner botanischen Fachkollegenschaft hinaus, in weiten Kreisen des wissenschaftlichen Lebens anteilnehmende und trauernde Beachtung gefunden. Zahlreiche Nachrufe und Würdigungen in Zeitungen und Zeitschriften, nicht nur rein wissenschaftlicher Natur, haben darauf hingewiesen, dass durch Ohlburgs Tod der Botanik im Besonderen wie der Naturwissenschaft im Allgemeinen ein beträchtlicher Verlust entstanden ist. Abgesehen von seinen fachspezifischen Untersuchungen, von denen speziell die beiden großen Arbeiten über tropische und subtropische Vegetationsformen längst zu Klassikern der modernen Botanik geworden sind, hat Ohlburg mit seinen Essays zur Kritik der naturwissenschaftlichen Terminologie den wissenschaftstheoretischen Diskurs stark beeinflusst. Dass ihm dabei neben emphatischem Zuspruch auch heftige Kritik entgegengebracht wurde, liegt in der Natur der Sache und war darüber hinaus von Ohlburg sehr bewusst provoziert.

Dem engeren Mitarbeiter- und Freundeskreis Ohlburgs war bekannt, dass er in seinen letzten Lebensjahren häufig davon sprach, diese Essays in einem systematischen Werk zusammenfassen zu wollen, das den Titel »Zur Kritik der botanischen Terminologie und Nomenklatur« tragen sollte. Diese Arbeit schien er jedoch tatsächlich nie in Angriff genommen zu haben; zumindest fanden sich in seinem wissenschaftlichen Nachlass keinerlei diesbezügliche Aufzeichnungen und Materialien. In meiner Eigenschaft als langjähriger Assistent Ohlburgs fiel mir die ehrenvolle Aufgabe zu, diesen Nachlass zu sichten und gegebenenfalls zu edieren, was inzwischen auch geschehen ist (cf.: Lukas Ohlburg, »Botanische Betrachtungen aus dem Nachlass«. München 1982). Nach Erscheinen dieses Bandes, der ohne die liebenswürdige Zusammenarbeit mit dem Bruder des Verstorbenen, Herrn Dr. Franz B. Ohlburg, Hannover, nicht hätte zusammengestellt werden können, erhielt ich Ende 1982 einen Brief von Dr. Franz B. Ohlburg, den ich, mit seiner freundlichen Genehmigung, hier auszugsweise wiedergebe, da er für das Verständnis des im Folgenden publizierten Textes von großer Bedeutung ist:

»... geht Ihnen mit gleicher Post ein eingeschriebenes Paket zu, das ein Manuskript-Konvolut meines verstorbenen Bruders enthält. Wie Sie wissen, hat er, neben den von Ihnen edierten wissenschaftlichen Texten, auch eine größere Anzahl Aufzeichnungen persönlicher Natur, im Wesentlichen Tagebücher, hinterlassen, die ich, seinem Letzten Willen entsprechend, ungelesen vernichtet habe. Was nun das hier zur Rede stehende Manuskript betrifft, war ich lange unsicher, ob es als persönliche Aufzeichnung oder als zur Publikation bestimmter Text anzusehen sei. Nach mehrmaliger Lektüre, die durch den Umstand erschwert

wurde, dass ein Teil des Manuskripts als Stenogramm niedergeschrieben ist, bin ich zu dem Ergebnis gekommen, dass mein Bruder diese Aufzeichnungen als Teil seiner geplanten ›Kritik der botanischen Terminologie und Nomenklatur‹ begriffen hat. Auch wenn ich schwere Bedenken gegen eine Veröffentlichung hege, dürfte eine solche den Intentionen meines Bruders entsprechen. Bevor ich diese meine Bedenken konkretisiere, muss ich Ihnen jedoch Einzelheiten über den Tod meines Bruders mitteilen, da diese ein besonderes Licht auf den eigenartigen Text werfen.

Mein Bruder ist, wie offiziell verlautbart, in dem Landhaus im Ammerland, das ihm und mir gemeinsam gehörte, tot aufgefunden worden. Als Todesdatum wurde, soweit das noch feststellbar war, der 3. Mai 1981, als Todesursache Herzversagen angegeben. Mein Bruder hatte sich im September 1980 in dies Haus zurückgezogen, um dort an seinem Projekt zu arbeiten. Obwohl er aufgrund seiner Herzschwäche nicht bei bester Gesundheit war, bestand er darauf, sich selbst zu versorgen, lehnte Hilfe im Haus übrigens auch kategorisch ab. Wie eigensinnig er sein konnte, besonders wenn er arbeitete, wissen Sie vermutlich besser als ich. Zu Weihnachten 1980 habe ich ihn dort besucht. Er machte einen zufriedenen, entspannten und ungewöhnlich heiteren Eindruck. Die einzige Veränderung, die mir an ihm auffiel, war die Tatsache, dass er sich einen Bart hatte wachsen lassen. Sein Geisteszustand schien klar. Heute würde ich freilich sagen, dass einige seiner Äußerungen mich hätten stutzig machen müssen. Am

11. Mai 1981 erhielt ich einen Anruf der örtlichen Polizeistation, dass mein Bruder gestorben sei. Ich fuhr noch am selben Tag hin. Der in der Nachbarschaft lebende Landwirt Hennting hatte die Polizei alarmiert, nachdem mein Bruder nicht wie gewöhnlich bei Henntings erschienen war, um Post abzuholen und einzukaufen. Als ich in dem Haus eintraf, war die Leiche meines Bruders bereits in das Dorf Wiefelstede verbracht worden. Der dortige Arzt, der auch den Totenschein ausgestellt hatte, gab mir folgende Schilderung: Trotz der regnerischen Witterung der vorangegangenen Tage seien Türen und Fenster geöffnet gewesen. Mein Bruder habe vor seinem Schreibtisch gelegen, schon leicht angewest, was auf die hohe Feuchtigkeit im Haus zurückzuführen gewesen sei. Eigentümlicherweise hätten sich auf seinem Gesicht, besonders um Mund, Nase und Augen, sowie in seinem Bart, Vermoosungen gefunden. Die Leiche meines Bruders habe man aus verständlichen Gründen sofort einsargen müssen. Im Übrigen habe er, mit Ausnahme seines verwilderten Bartes, einen weder ungepflegten noch schlecht ernährten Eindruck gemacht. Auch das Haus war, wie ich mich selbst vergewisserte, in einem sauberen und ordentlichen Zustand, mit einer seltsamen Ausnahme: Überall lagen Moosplacken und Kissen verstreut, der Schreibtisch war mit ihnen übersät, auch der Fußboden. Sogar auf dem Kopfkissen im Bett lagen verschiedene Moose, die teilweise vertrocknet, teilweise aber, aufgrund der Feuchtigkeit, noch grün waren. Dieser Umstand erklärt die Vermoosung der sterblichen Überreste meines Bruders. Auf dem Schreibtisch lag, zwischen den Moosen, besagtes Manuskript sowie ein unverschlossener Füllfederhalter. Mein Bruder scheint also im wahrsten Sinne des Wortes darüber gestorben zu sein.

Dass ich mit der Freigabe des Textes so lange gezögert habe, werden Sie verstehen, wenn Sie ihn gelesen haben. Selbst als botanischer Laie glaube ich sagen zu können, dass diese Blätter für die botanische Forschung wohl kaum von Interesse sein dürften. Ich bezweifele auch, dass mein Bruder diesen Text im Vollbesitz seiner geistigen Kräfte verfasst hat. Als Bruder ist mir die Verwirrung seines Denkens und seiner Sprache bedauerlich, als Psychologe bedenklich. Wiewohl auch immer wieder von einer Kritik der Terminologie die Rede ist, halte ich den Text im Ganzen für das Psychogramm fortschreitender Senilität. Da jedoch an der wissenschaftlichen Reputation meines Bruders nicht der leiseste Zweifel besteht, stehe ich nicht an, die Publikation dieses Textes zu unterbinden. Meine Bedenken gegen die hierin geäußerten Ansichten möchte ich dennoch nachdrücklich geäußert haben. Das Titelblatt, wie einige andere Passagen, deuten darauf hin, dass mein Bruder den Text publizieren wollte. Da ich in seinem Sinne zu handeln glaube, wenn ich Ihnen hiermit das Manuskript überlasse …«

So weit die Mitteilungen Dr. Franz B. Ohlburgs, dessen Bedenken ich teile. Das Manuskript befand sich in einem braunen Aktendeckel aus Pappe, der stark gewellt war, wohl aufgrund von Feuchtigkeitseinwirkung. Die chronologische Entstehung der einzelnen Stücke lässt sich nicht rekonstruieren. Auf jeden Fall muss Ohlburg bis unmittelbar vor seinem Tod daran gearbeitet haben, wenn auch in beträchtlichen zeitlichen Abständen. Das Manuskript ist auf normalem Schreibmaschinenpapier abgefasst worden, zerfällt jedoch rein äußerlich in zwei Teile. Das erste Drittel ist in Stenogrammschrift mit Bleistift geschrieben, eine Arbeitsweise, die Ohlburg bevorzugte. Er diktierte seine Notizen dann später seiner Sekretärin. Der letzte und größere Teil ist jedoch mit Federhalter in normaler Schreibschrift abgefasst, wobei Ohlburg grüne Tinte benutzte. Der Text geht darauf ein. Auf dem Pappdeckel hatte er den ursprünglichen Titel »Zur Kritik der botanischen Terminologie und Nomenklatur« mit Bleistift stenographiert, diesen Titel jedoch, offenbar in einer späteren Phase, mit der grünen Tinte durchgestrichen und in sorgfältiger Schrift darübergesetzt: Moos. Das vorangestellte Zitat scheint ebenfalls in dieser späteren Phase niedergeschrieben worden zu sein.

Hamburg, im Oktober 1983. *K. M.*

MOOS

»Und noch zuletzt sah ich, gleich einem Rauch,
Mich leise in der Erde Poren ziehen.«

Annette von Droste-Hülshoff
Im Moose

Hierher hätte ich früher zurückkehren sollen. Habe ich mich vor der Erinnerung gefürchtet? Ich wollte ja produktiv sein, wollte etwas vorantreiben, aus mir heraustreiben, etwas, dessen Sinn mir immer mehr zu schwinden scheint, je länger, je widerstandsloser ich mich auf ein bloßes Hiersein einlasse. Dies Einlassen ist zugleich ein Gelassenwerden, eine Art Abschied von der empirischen Welt, an der ich das Interesse verliere, die mir gleichgültig wird. Eine Gleichgültigkeit, die sich darin äußert, dass mir nichts wichtiger vorkommt als alles andere. Zeitungen lese ich kaum noch, Fernsehen und Rundfunk lasse ich nicht an mich heran, nicht in mich hinein. Seit Tagen fühle ich ein Schwindeln, ein Schwinden; nicht wie in den brutalen Schlägen der Herzattacken, die mich vor einigen Jahren eremitieren ließen. Es ist eher ein sanftes Nachuntengezogenwerden, wobei nach unten die Richtung nicht recht bezeichnet. Überhaupt sind meine Gedanken, Ideen, Empfindungen seit meiner Ankunft von einer schwer bestimmbaren Richtungs- und Ziellosigkeit. Sie strahlen in einer matten, mir bislang aber ganz unbekannten Klarheit, in ein vages, unbestimmtes Überall. Die Wahrnehmung dieser nachlässigen Dekonzentration ist dabei intensiv, überdeutlich. Obwohl ich nicht hierhergegangen bin, um mich gehen zu lassen, wehre ich mich nicht.

Als wir Kinder waren, konnte von solcher Haltlosigkeit natürlich keine Rede sein, legte Vater doch noch im Urlaub, noch hier auf dem Land, allergrößten Wert auf Disziplin und das, was er unter Haltung verstand. War mir deshalb das Haus später nie ganz geheuer? Die Sommer hat hier immer nur Franz mit Familie verbracht; meine Reisen führten stets weiter. Heute finden sich schon Spuren meines Neffen, Franz' Sohn, und dessen Familie im Haus. Kinderzeichnungen an den Wänden, ein Plattenspieler mit einer Sammlung Rock-Musik, soziologische und ökonomische Fachbücher meist neomarxistischer Denkart. Manchmal macht es mir Spaß, darin zu blättern. Ich amüsiere mich dann über diese Sprache, der es gelingt, aus den existenziellsten Erfahrungen und aus den banalsten Allgemeinplätzen der allerersten Erkenntnistheorie die aberwitzigsten Probleme abzuleiten; eine Sprache, die ihren Inhalt oft selbst nicht mehr begreift, weil die Begriffe die Anschauung erdrosseln, weil das Abstrakte zu selten auf die Gegenstände bezogen wird – und deshalb, quasi als Kompensation, zu geradezu künstlerischen Verbal-Kapriolen neigt und greift. In dieser Romantisierung des wissenschaftlichen Diskurses scheint dann freilich gelegentlich etwas wie Wissen durch.

Zum Verstehen, zum wirklichen Wissen, zur Wahrheit im umfassenden, fast metaphysischen Sinn hat das analytische und dialektische Denken wahrscheinlich nie geführt. Hegel wirft bekanntlich in seiner »Logik« die bemerkenswert unsinnliche Frage auf, ob nicht »eine Figur des Schlusses ein unendlich Höheres als eine Papagei- oder eine Veronica-Art« darstelle, um wie viel Höheres also erst als beispielsweise ein bescheidenes Moos! Diese doch ignorante Arroganz des Rationalismus hat die Wissenschaft noch heute auszubaden, aber sie badet und badet und bekommt die Flecken solch naturverachtender Zyne nicht von der blassen Haut. Wenn ich auch nur ahnen könnte, was ein niederes Tier, was ein Baum, was nur ein Moos darstellt, könnten mir die zweitausendvierundachtzig möglichen Konstellationen eines logischen Schlusses gestohlen bleiben, die Leibniz errechnet hat. Er muss sich sehr gelangweilt haben, der alte Stubenhocker …

Und die botanische Terminologie als Benennungssystem der Naturerscheinungen, in die zum Beispiel dies Haus eingebettet liegt, sagt bestenfalls, *was* da wächst, das aber seelenlos und unverständig. Nie konnte sie sagen, *wie,* nie wird sie mit letzter Sicherheit sagen können, *warum.* Und das ist vielleicht auch besser so.

Die prächtige alte Kiefer, deren Zweige bei Wind gegen das obere Fenster schlagen, kann ich bis auf ihre Molekularstruktur begrifflich zerlegen und »richtig« benennen. Aber für die Sprache, in der sie in ihrem Klopfen ans Fenster zu mir spricht, fehlt mir jedes Wort.

*

Zweifellos verlangt die Botanik, wie jede Wissenschaft, ein einfaches, klares, von den Botanikern aller Länder befolgtes System der Nomenklatur, das sich einerseits mit den Termini beschäftigt, die zur Bezeichnung der Rangstufen der taxonomischen, systematischen Gruppen oder Einheiten verwendet werden, und andererseits mit den wissenschaftlichen Namen, die zur Benennung der einzelnen taxonomischen Pflanzengruppen dienen. Es lässt sich meiner Ansicht nach aber nicht leugnen, dass eben diese Nomenklatur und Terminologie, statt zu einer Vertiefung des Wissens über die durch sie klassifizierten Objekte und Phänomene zu führen, im Gegenteil dazu beiträgt, das forschende Subjekt immer stärker von diesen zu entfremden. Der Terminus, der Name, wird für das Phänomen, das Objekt, nicht nur gesetzt, um es zu klassifizieren, sondern es wird mit dieser Klassifizierung identifiziert, kurzgeschlossen und als begriffen angesehen. Nun ist dies Vorgehen bis zu einem gewissen Grad sicherlich notwendig, um überhaupt wissenschaftlichen Konsens erzielen zu können; in letzter Konsequenz dürfte es jedoch das Ende aller Wissenschaft sein. Was wir heute in botanischer Literatur und Forschung finden, ist klassifizierende Theorie ohne Wissen. An dieser Art von Forschung habe ich mich ja selbst, mit bestem Wissen und Gewissen und nicht unbeträchtlichem Erfolg, ein Leben lang beteiligt. Es drängt mich jedoch, bevor es für mich zu spät ist, anders zu denken, anders zu sprechen. Aber wie? Im Versuch, meine Kritik der botanischen Terminologie, der Wissenschaftssprache überhaupt, am Ende gar des begrifflichen wissenschaftlichen Denkens und Vorgehens, plausibel zu machen, sehe ich mich vor ein Dilemma gestellt. Gibt es denn überhaupt eine Sprache, die wirkliches Wissen (was das ist, wird zu klären sein, falls es sich »klären« lässt) erfassen und weitergeben kann? Es müsste das doch eine Sprache sein, die auf die intersubjektiv verbindliche, eindimensionale Katalogisierung und Kategorisierung verzichtet; eine Sprache, und hier ist das Paradoxon, die definiert, indem sie dem Undefinierbaren das Wort gibt. Es müsste eine Sprache sein, die das Einzelne, Besondere in ihr Recht setzt, die der Anschauung mehr vertraut als dem fixen Begriff.

Während ich dies notiere, wird mir klar, dass ich mit solcher Konstruktion der Schulwissenschaft verloren gehe. Man wird mich nicht ernst nehmen im Kreis meiner hochgeschätzten Kollegen. Ich gestatte mir ein Denken, ein Sprechen, vor dem ich meine Schüler, Studenten und Kollegen stets gewarnt habe. Es kommt mir jedoch so vor, als würde mir dies Sprechen gestattet. Aber von wem?

*

Der Altweibersommer aus dem Bilderbuch beschert noch einmal hohe Temperaturen. Nachts ahnt man schon undeutlich den Herbst, doch tagsüber ist es hochsommerlich warm. Ich nutze das aus, indem ich regelmäßig schwimmen gehe. Gegen Abend, wenn es langsam abkühlt, gibt es einen bestimmten Zeitpunkt, an dem Wasser- und Lufttemperatur sich angleichen. Das ist der beste Moment. Man spürt keine Übergänge mehr. Die Spezifik der Aggregatzustände verschwimmt. Mein Arzt hat mich zwar milde gewarnt, mit dem Schwimmen etwas zurückzustecken, aber die halbe Stunde, die ich benötige, um den See einmal hin und zurück zu durchqueren, macht mir absolut keine Schwierigkeiten. Die leichte Müdigkeit, die mich immer häufiger unvermittelt ankommt, in Muskeln und Knochen sich einnistet, ohne Schlafbedürfnis hervorzurufen, verschwindet beim Schwimmen. Die Schwerelosigkeit, die das Wasser schenkt, lockert die Muskulatur, erleichtert das Skelett und treibt manchmal auch als steigender Nebel durch die Gedanken. Vielen lockert das Gehen die Köpfe; bei mir war es immer das Schwimmen. Der Fluss der Gedanken passt sich dabei den Körperbewegungen an. Man holt weit aus, um dann gleichsam wieder zu sich zurückzukehren. In zügiger Brustlage habe ich schon manchen Vortrag, manche Vorlesung konzipiert. Mit dieser Zügigkeit ist es freilich nicht mehr aufs Beste bestellt. Dass wir am Anfang alle aus dem Wasser kämen, hatte mein Arzt mit scherzhaft drohendem Zeigefinger gesagt, müsse für mich kein Grund sein, dort wieder zu enden. Oder ob ich mich auf meine alten Tage noch einmal auf die Algen werfen wolle? So ziehe ich also sehr gemächlich meine einsamen Bahnen durch den See, der selbst im hohen Mittag nie blau aussieht, sondern stets grünlich schimmert. Das rührt von den Bäumen, die ihn säumen und sich in ihm spiegeln, mehr aber noch von der immer kräftiger werdenden Vermoosung der sandigen Ufer. Dort haben wir als Kinder Kaulquappen, Frösche, Libellen und dergleichen gejagt. Wenn ich im Sumpfgras der Böschung sitze, das mir früher bis zu den Schultern reichte, nun aber schon an den Hüften haltmacht, kommen mir recht klare Erinnerungen an diese Streifzüge, an ihre grenzenlose Abenteuerlichkeit. Damals kundschafteten wir nicht nur ein immer wieder neues, immer wieder unbekanntes Ufer aus, sondern dies kleine, begrenzte Ufer mit seinen Böschungen und steilen Abstichen barg unzählige, abgeschlossene Welten, fremde Planeten, Wüsten, Dschungel, weite Savannen, durch die wir streiften und aus denen wir nach Stunden, aber uns waren es Tage, Wochen, Jahre, erhitzt und mit roten Köpfen, verwirrt von der Wirklichkeit des familiären Abendbrottisches, emportauchten.

Es muss ein Trieb bestehen, den Lebenslauf zu wiederholen. Nicht in vergreisend seniler Regression, sondern auf produktive Art und Weise, als Bereitschaft, die Erfahrungen der Kindheit dem Leben wieder zuzuführen. Aber was sind erinnerte Erfahrungen? Was sind erzählte? Dieser Trieb scheint stärker zu werden, je mehr man das Leben schwinden fühlt. Ein Kreis schließt sich. Anfänge rücken ans Ende. Wissen schließt sich mit Erfahrung kurz, Erfahrung mit Erinnerung, Erinnerung mit erzählten Geschichten. Das Moos, in dem ich vom Schwimmen raste, das durch die Zwischenräume meiner Zehen quillt, das zu dieser Tageszeit die gleiche Temperatur annimmt wie Wasser und Luft, wie mein Körper, muss solche Bewegungen kennen; aber auch das Gefühl der Vergeblichkeit, das diesen Trieb beschattet. Moos ist ja eine archaische Pflanze. In sich selber ruhend, selbstgenügsam. Es hat sich vor Urzeiten, in einer, ich möchte sagen, heroischen Anstrengung dem Leben auf dem Trockenen angepasst, sich dabei aber selbst erschöpft, verausgabt, denn nun ist es in seiner Anfangskonzeption erstarrt und offenbar nicht mehr fähig, den in ihm angelegten Entwicklungsprozess zu Ende zu führen. Wenn Pflanzen ein Erinnerungsvermögen haben, kein bewusstes, mentales, sondern ein genetisches, und ich zweifle nicht daran, wäre die Erinnerung der Moose die Erinnerung an ihre Herkunft, ihre Abstammung von den Algen. Von dieser seiner meerbewegten Vergangenheit kann sich das Moos nicht vollständig lösen. So hat die Evolution von der Alge zum Moos einen Pseudozyklus vollzogen, ist an ihren Ausgangspunkt, wenn auch modifiziert und um eine Qualitätsstufe höher, zurückgekehrt. Wenn ich ans andere Ufer zurückkehre, über den Algenscherz meines Arztes lächele, mache ich mitten im See eine kleine Pause, indem ich »toter

Mann« spiele. Ich hole tief Luft, liege reglos im Wasser, blinzele in die sinkende Sonne, die wie aufgespießt auf den Spitzen der Kiefern hängt, frage mich, ob es einen Unterschied zwischen sinken und steigen gibt, zwischen Wurzel- und Flügelentwicklung, zwischen Wissen und Staunen, zwischen Sein und Bewusstsein, finde keine Antworten, weil ich nach ihnen suche, atme tief aus, ziehe langsam weiter meine Bahnen.

*

Was die Arbeitstechnik bei der Konzeption meiner Publikationen betrifft, ist es meine Angewohnheit, bei der Sammlung des Stoffes, bei den ersten Notizen und Entwürfen, grundsätzlich alles stenographisch zu fixieren, was mit dem Thema in einem wie entfernten Zusammenhang auch immer zu tun zu haben scheint. Mit Leibniz halte ich die Analogie für einen Hauptfaktor wissenschaftlichen Fortschritts, und oft sind mir aus solchen Analogieschlüssen Einsichten entstanden, mit denen am wenigsten zu rechnen war. In der Wissenschaft kommt einem der Zufall nur dann zur Hilfe, wenn man keine Beobachtung, keinen noch so flüchtigen Eindruck, als zu gering verschmäht und deshalb jeden registriert. Indem ich derzeit meine ersten Notizen und Exzerpte zur »Kritik der botanischen Terminologie« sichte und sortiere, wird mir klar, dass ich diesmal meine im engen Sinn privaten, subjektiven Wahrnehmungen nicht nur nicht von der Abhandlung zu trennen habe, sondern dass diese sehr direkt dem Thema angehören. Normalerweise habe ich diese persönlichen Anmerkungen, von denen ich meine Notizen stets habe überwuchern lassen, bei der Manuskripterstellung fürs Diktat ausgesondert, spätestens dann im Diktat eliminiert – es sei denn, dass die eine oder andere Impression als spekulative Fußnote Verwertung fand. Das, was ich nun zu Papier bringe, gehört jedoch bereits der »Kritik« an, denn es scheint mir notwendig, nicht nur über die Sache selbst nachzudenken, sondern insbesondere auch über mein Nachdenken über die Sache, das ja aufgrund seiner persönlichen Natur schon eine Kritik der Terminologie darstellt. Allerdings verselbstständigt sich meine Neigung, alles zu registrieren, was auch nur beiläufig mit dem Gegenstand zu tun hat, seit meiner Ankunft hier auf eine Art und Weise, von der ich momentan nicht abzuschätzen weiß, ob sie der Sache zu- oder abträglich sein wird. Schon die ersten Blätter, die ich eben aussortieren wollte, weil sie doch einen gänzlich privaten, tagebuchartigen Charakter haben, werden an ihrem Ort bleiben müssen, da sie in gewisser Hinsicht bereits ins Zentrum des Themas weisen. Sie markieren jedoch auch die Problematik der Methode, dies Ausgreifen auf sekundäre Phänomene, diese Form des Beobachtens, die keine Fixpunkte mehr findet. Bevor ich mich völlig in der methodischen Defensive verliere, will ich an einem banalen Beispiel exemplifizieren, inwiefern mir das Thema a priori über seinen scheinbaren Horizont hinausgleiten muss, wobei dies Hinausgleiten, ich wiederhole mich, auf eigentümliche Weise wiederum das Thema im engen Sinn darstellt.

Wenn man konstatiert, dass beispielsweise die Kissenmoose der Ordnung ›Grimmiales‹ in der Familie der ›Grimmiaceae‹ die beiden Gattungen ›Grimmia‹ und ›Rhacomitrium‹ aufweisen, verhält man sich klassifikatorisch völlig korrekt. Die Schleuse zur unfassbaren Uferlosigkeit, die ja mit der botanischen Nomenklatur eingedämmt werden soll, öffnet sich aber sogleich, geht man von der Klassifikation der Moose zu ihrer Phänologie über. Man könnte wohl noch leidlich anschaulich beschreiben, dass die Kissenmoose dieser Ordnung kleinwüchsig sind und reich verzweigt oder in rasenförmiger Anordnung erscheinen; dass die Polster oft eine graue Behaarung zeigen, eine Bereifung, die von den sogenannten Glashaaren herrührt, farblosen Borsten, die jeweils die Spitzen der Blättchen bekrönen. Man könnte übergehen zur jahreszeitlich bedingten Veränderung ihrer Erscheinungsformen, zu den Besonderheiten ihrer Vermehrung etc. pp. Aber solche Beschreibungen sind bereits zutiefst fragwürdig und würden von einem anderen Beobachter anders gefasst werden. Wenn man nun weiterhin konstatiert, dass die Kissenmoose, was ihre Standortwahl betrifft, Steine, Felsen, Mauern, oft und gern alte Dächer mit dichten Polstern überziehen, schlägt der Stein, den man mit dem Begriff ins Wasser der Wirklichkeit geworfen hat, schon erheblich weitere Wellen. Denn die Erscheinung des Mooses ändert sich ja nicht nur je nach wechselndem Standort, sondern umgekehrt verändert sich auch der Standort in seiner Erscheinung durch die Besiedelung mit Moos. Vollends aus jeder vernünftigen Begrifflichkeit fallen Beobachtungen nach den Sinnesreizen, die der Beobachter empfängt, kommt er etwa in taktilen Kontakt zu dem Moos. Das fragwürdigste Phänomen, um beim einfachen Beispiel zu bleiben, in der Phänologie der Moose ist übrigens ihr spezifischer Geruch, der wohl überhaupt nicht mehr begrifflich dingfest gemacht werden kann. Allgemein ist die Geruchswahrnehmung ein Phänomen, das dazu angetan ist, den Phänomenalismus der Naturwissenschaft als die Ursache dafür anzusehen, dass in der Wissenschaft viel theoretische Übereinkunft durch Begriffe vorliegt, aber so gut wie kein Wissen. Zumindest habe ich noch nie einen meiner Kollegen darüber reden, geschweige denn dozieren gehört, dass der Geruch, etwa eines Mooses, in ihm Erkenntnisse über das Wesen des Mooses geweckt hätte; und erst recht nicht über sein Verhältnis zum Moos, wenn nicht über weit entlegenere Dinge, die durch den Geruch assoziiert worden sind. Diese selbst auferlegte Anästhesierung des Erkenntnisraumes der Wissenschaft durch Wissenschaft wurde mir gestern auf sehr eindringliche Art bewusst.

Das Dach dieses Hauses war, als mein Vater es um 1900 bauen ließ, vollständig mit Reet gedeckt. Im Laufe der Zeit entstanden Schäden, die nach und nach mit roten Tonziegeln ausgebessert wurden, früher aus Kostengründen, später, weil man kaum noch Reetdecker findet, die Reparaturarbeiten ausführen. Bei meiner Ankunft sah ich mit großem Vergnügen, dass die Ziegelpartien inzwischen fast vollständig vom grauen Kissenmoos überzogen sind, das sich farblich und von seiner natürlichen Struktur her harmonisch mit dem Reet verbunden hat. Im Haus fand ich eine Nachricht meines Bruders vor, in der er mich davon in Kenntnis setzte, was bei Benutzung des Hauses zu beachten ist, wo man das Wasser anstellt, wo den Strom, und dergleichen Informationen mehr. Da ich das Haus seit meiner Kindheit allein nie bewohnt habe, waren diese Hinweise nützlich und notwendig; das Schreiben meines Bruders schloss mit der Ankündigung, dass in den nächsten Tagen von ihm bestellte Handwerker erscheinen würden, um die Dachziegel vom Moos zu reinigen. Die Gelegenheit sei günstig, da ich nun für längere Zeit an Ort und Stelle sei und die Ausführung der Arbeit beaufsichtigen könne. Im Gegensatz zu meinem Bruder, der in dieser Hinsicht wohl stark nach meinem Vater geschlagen ist, neige ich in praktischen Angelegenheiten einem gewissen Laissez-faire zu. Darüber hinaus bin ich der Meinung, dass man die Natur gelassen auf sich zukommen lassen, ihr eine gewisse Symbiose mit unseren Lebensumständen und -räumen erlauben soll, und sie nur dann bekämpfen, wenn sie wirklich bedrohlich wird. Aber wo ist die Grenze? Auf jeden Fall wollte ich mich in dieser Sache nicht mit meinem Bruder streiten, maß ihr auch keinerlei Bedeutung zu.

Das änderte sich auf geradezu schmerzliche Weise, als gestern der angekündigte Dachdecker mit seinem Lehrling erschien, sich das Dach ansah und wortkarg, in breitem Ammerländer Platt etwas davon murmelte, dass die Arbeit überflüssig sei. Aber wenn mein Herr Bruder meine, ihm sei's allemal recht. Während die beiden sich unverzüglich an die Arbeit machten, ordnete ich am Schreibtisch meine Notizen. Über meinem Kopf begann nun ein Scharren, Fegen und Kratzen, erst weit entfernt und leise, ohne mich wesentlich zu stören. Je länger es aber dauerte, desto schriller, aufdringlicher, wie auf mich zielend, drang das Geräusch durchs Dach. Es gibt bestimmte unscheinbare Geräusche, die dadurch, dass wir auf sie aufmerksam wurden und nun auf sie warten, im Moment ihres Eintritts ungewöhnlich störende, überproportionale Dimensionen annehmen. Das beste Beispiel ist der tropfende Wasserhahn, dessen Tacken explosionsartig anschwellen kann, lauscht man in schlaflosen Nächten atemlos seinem Rhythmus. Möglich, dass eine nervöse Reizbarkeit, die sich immer einstellt, wenn ich eine Arbeit beginne, das Ganze intensivierte; auf jeden Fall schwollen die Geräusche von oben so gewaltig und bedrohlich an, dass ich vom Schreibtisch aufstand und mit zugehaltenen Ohren im Zimmer auf und ab ging. Je mehr ich versuchte, den Ton zu verdrängen, ihm auszuweichen, desto gnadenloser bohrte er sich in meinen Kopf, versetzte sich in vibrierende Schwingungen, die begannen, auf meinen ganzen Körper auszustrahlen. Ich versuchte mich zu konzentrieren, versuchte, mich durch klare, logische Gedankengänge abzulenken. Vergeblich. Schweiß brach aus, ich begann zu zittern, fürchtete einen Herzanfall. Fahrig fuhr ich mir wieder und wieder mit der Hand durch die Haare, wodurch das Kratzen zu einem metallischen Klappern zu werden schien. Aus der Magengrube stieg ein Gefühl nach oben, erreichte den Hals, doch bevor es mir in die Augen schießen konnte, war die Erinnerung an die Tränenflut wieder da, in der ich vergangen war, als mein Vater mich kurz vor dem ersten Schultag zum Friseur gelockt hatte. Ich hatte nicht gewusst, was mich erwartete, aber wie das Klappern der Schere sich meinen Ohren nähert, überfällt mich die hemmungslose Angst, die im endlosen Tränenstrom den ohnmächtigen Versuch veranstaltet, unter den flinken Händen des Barbiers zu zerfließen, mich zerfließen zu lassen, um den Fluss meiner Haare zu retten. Durch mein ohrenbetäubendes Geheul dringt das brutale, jovial gemeinte Lachen des Scherenden, dringt die strenge Stimme meines Vaters:

– Sei kein Mädchen!

Später sorgt meine Mutter dafür, dass die Tränen versiegen, aber wie sie mir mit der Hand durchs Haar, durch diese spärlichen Reste, streicht, ist in ihrer Berührung eine sprachlose Trauer, die durch den Trost nur schwach gebrochen wird.

Ich hatte aufgehört, mir durch die Haare zu fahren, denn nun klangen die Arbeitsgeräusche wieder normal. Nichts war da außer zwei Dachdeckern, die Moos abkratzten. Ich ging hinaus, um den beiden auf dem Dach eine Tasse Tee anzubieten. Als der Kandis unter dem heißen Strahl zersprang, war ich wieder völlig bei mir. Ob es ihm etwas ausmache, die Sache so, wie sie sei, halb fertig, auf sich beruhen zu lassen? Mir sei klar geworden, dass Moos als holz- und wurzellose Pflanze den Ziegeln gar nicht schaden könne. Der Meister sah mich erstaunt an.

– Erst so, dann so. Ja, ja, die Städter.

Ich drängte darauf, sofort zahlen zu wollen, und gab ein so außergewöhnlich hohes Trinkgeld, dass das wohlwollende Unverständnis in den Augen des Mannes fast in Misstrauen umschlug.

– Sie müssen's wissen, Herr Professor.

Kopfschüttelnd wurden Werkzeuge und Leitern wieder eingepackt. Der Lehrling wollte die Moosplacken, die vom Dach auf den Boden gefallen waren, zusammenfegen. Ich verbot es ihm. Als das Motorengeräusch des Lieferwagens von den Bäumen der Schonung verschluckt war, ging es mir besser.

Ließe sich die Korrespondenz, die dieser Vorfall zwischen mir und dem Moos des Daches geschaffen beziehungsweise an die Oberfläche gebracht hat, in botanischer Bündigkeit fassen? Etwa so: Obwohl sie holz- und wurzellos sind, haben Moose eine erstaunliche Fähigkeit, Trockenheit während langer Dürreperioden zu überstehen, um bei erneuter Benetzung unerwartet wieder aufzuleben? Ein banales Beispiel. Das lernt jedes Erstsemester. Aber wir wissen es erst, wenn wir die Information erlebt, vielleicht sogar erst, wenn wir sie gelebt haben.

War es das, was ich sagen wollte? Ich bin nicht mehr sicher.

*

In unregelmäßigen Abständen, was sehr gegen meine Gewohnheit ist, verfasse ich diese Notizen. Doch sie werden von keinem Termin diktiert, kein Auditorium, keine Öffentlichkeit wartet auf ihre Vollendung. Und wie das Thema, das Problem, das mir undeutlich wird, unter seiner gelassenen Betrachtung, deren systematisch kontrollierende Fesseln in einem Auflösungsprozess begriffen sind, Ringe ansetzt, deren bloße Vorstellung mir vor Kurzem noch ganz undenkbar erschienen wäre, wie es, einem Moos im Regen ähnlich, über seine ehemaligen Begrenzungen hinauswuchert, da kommt es mir vor, als schriebe nicht ich, sondern ließe ich schreiben; oder noch genauer, als ließe ein Anderes in mir und durch mich schreiben. Dies Gefühl, das einer großen Erleichterung gleichkommt, der Erleichterung, von aller Verantwortung entbunden zu sein, überkam mich eines Morgens, als ich, ebenfalls meiner Gewohnheit zuwider, noch vor dem Frühstück, direkt nach dem Erwachen, fast noch im Erwachen, ans Manuskript ging. Die Zweifel des gänzlich wachen, naturwissenschaftlichen Bewusstseins waren noch dämmrig eingesponnen in die Wirklichkeit der Träume, und während ich mit dem Blei die stenographischen Kürzel setzte, lag in dieser Bewegung der Hand, in den metallenen Kratzspuren der abstrakten Zeichen, ein Erinnern an ganz ferne frühe Tage, das nun, als hätten die Muskeln meiner Hand und die hektische Fahrigkeit des stenographischen Schriftbilds diese archiviert, einem warmen elektrischen Strom gleich aus meinem Gedächtnis an den anbrechenden Tag kroch.

Jahr für Jahr unterlag der erste Ferientag dem gleichen Ritual. Sobald der alte Henschel die ganze Familie mit der Droschke herkutschiert hatte, sobald die Koffer zum Eingang verbracht waren und Henschel mit seinem Trinkgeld den Rückweg nach Oldenburg antrat, ging Mutter mit dem Mädchen, deren Namen ich seltsamerweise nicht erinnern kann, nur ihr üppiges rotblondes Haar, im Haus daran, klar Schiff zu machen, wie mein Vater alle Reinigungsarbeiten zu nennen pflegte. Er selbst begann unverzüglich seinen »Antritts-Besuchsweg«, der vom Hennting'schen Hof über die Försterei in Dringenburg führte, um im Spohler Krug zu enden, wo mit Lehrer und Pfarrer bei Lütt un Lütt die Tatsache begossen wurde, dass sich der Herr Oberstudiendirektor nebst Familie wieder einmal ferienhalber die Ehre gab. Und während mein Vater schon auf den alkoholischen Freuden des Landlebens einherschwamm, während Mutter mit dem Mädchen Unmengen grüner Seife im gesamten Haus verputzte, taten mein Bruder und ich, was mein Vater zu unserer Pflicht erklärt hatte. Der Weg zum Haus und ums Haus herum sowie die unbedachte Terrasse an der Südseite waren damals wie heute gepflastert mit den braunroten Ziegeln, die in der Nethener Ziegelei gebrannt wurden. Und in die schmalen Sandfugen zwischen den einzelnen Ziegeln setzten sich während der Regenfälle des Frühjahrs Gräser und Kräuter und Moose, die dort, wo der Regen über die Dachrinnen hinauspladderte, schon zaghaft begannen, über die Fugen hinauszuwuchern und ihren grünen Schimmer über das erdige Rot der Steine zu legen. Mein Vater pflegte jedes Mal bei unserer Ankunft, in gespielter Empörung, die Hände in die Hüften zu stemmen und auszurufen:

– Also das ist ja wohl! Das Grünzeug macht sich wieder dicke! Da müssen Männer ran! Dem Wildwuchs muss Einhalt geboten werden! Pflicht ist Pflicht!

Und er drückte Franz und mir je eine Drahtbürste in die Hand, grummelte noch etwas wie »ratzekahl« oder »mit Stumpf und Stiel« und verschwand, einen Marsch pfeifend, in Richtung Spohler Krug. Aus dem Haus drang das Scheuern und Wischen der Frauen, während wir auf den Knien lagen und mit den Drahtbürsten die Haarpracht der Gräser zerschnitten, die Kissen der Moose zerfetzten. Einmal hatte ich widersprochen.

– Aber das Moos ist doch schön.

– Schön? Mein Vater hatte nachsichtig mit dem Kopf geschüttelt. Was schädlich ist, mein Junge, was schädlich ist, ist niemals schön. Alles zu seiner Zeit. Alles an seinem Platz. Dort, und er hatte in den Wald gedeutet, dort ist das Moos. Und hier, und er hatte auf die Ziegel gezeigt, hier stehen wir. Muss alles seine Ordnung haben.

Mein Vater galt als hervorragender Pädagoge. Also kratzten seine Söhne das Moos, bis uns die Hände brannten und Rücken und Knie schmerzten, damit unser Vater bei seiner Rückkehr aus einem leichten Nebel von Korn und Bier würde sagen können, was er immer sagte:

– Na also. Hier lässt sich's leben.

Wenn ich im Bett lag, wenn Nacht und Träume, nicht

grau wie in der Stadt, sondern blau und grün durch Fenster, Dach und Wände fluteten, spürte ich jeden einzigen Muskel meiner Hände, die die Drahtbürste geführt hatten, fühlte den Schmerz im Pulsieren des Bluts schwinden, den Schmerz, von dem ich nicht wusste, ob es der meine oder der des Mooses war, hörte das grelle Gekratze der Drahtfinger, der Drahthand, auf den trockenen Ziegeln, schlief ein im endlosen Auf und Ab meiner Hand, die über Ziegel fuhr, die griffelnd über Schiefer kratzte, die endlos lange Liebesbriefe malte, die tausend Dokumente unterschrieb, die hastig mit dem Bleistift die Gedanken bleiern dingfest machte, die Moos zerkratzte, Moos beschrieb.

Während ich in der warmen Septembersonne auf der Terrasse sitze und diese Zeilen stenographiere, sehe ich, dass alle Fugen vermoost sind, dass die rote Fläche in einem grünen Schleier steht. Ich ziehe meine Schuhe aus und laufe barfuß über den Schleier. Immer im Kreis, einfach immer im Kreis. Der Schleier hebt sich, umspielt meine Hand. Ein Wind geht müde von Süden. Immer im Kreis. Die große Kiefer neigt sich zu mir. Ich weiß, sie spricht. Aber ich bin taub. Ich gehe im Kreis. Die Ziegel sind warm. Das Moos ist kühl. Die Ziegel sind trocken. Das Moos ist feucht. Immer im Kreis.

*

– Hier lässt sich's leben, dröhnte mein Vater jovial, wenn die Drahtbürsten ihren jährlichen Kampf gegen den Wildwuchs des Mooses gewonnen hatten. Wenn er gewusst hätte, wie gut sich's hier auch sterben lässt, lässt man nur dem Wuchern seinen natürlich freien Lauf, wäre ihm vielleicht das schlimme halbe Jahr auf der Krankenhaus-Station für die Hoffnungslosen erspart geblieben. Dass bei seinen letzten Worten, »jetzt versteh' ich gar nichts mehr«, die ganze Familie mehr erleichtert, weil sein Leiden endlich ausgestanden war, als trauernd ums sterile Lager versammelt stand, hat ihm den Übergang nur noch schwerer gemacht. Statt gut gelaunte laute Stärke demonstrieren zu können, schwamm er in stummer Hilflosigkeit. Der Wahlspruch seines Lebens, »ratio delectat«, muss im Angesicht des großen Schlafs als Irrtum seines Lebens vor ihm aufgezogen sein. Ich sah ihn dahin fallen, wo wahrlich nichts mehr zu verstehen ist, und schläferte mein Erschrecken damit ein, dass ich die ganze Nacht mit Franz darüber debattierte, mit welchen biologischen Termini das Absterben von organischem Gewebe am präzisesten umrissen werden könne. Franz griff gierig nach diesen materialistischen Erklärungen, die nichts erklärten, weil er mit seiner Psychologie schon eher an Schwellen gestoßen war, vor denen unser Intellekt den Durchgang verweigert, als ich mit meiner Biologie, deren Begriffsarsenal schließlich das Geheimnis in der Formelsprache chemischer Verbindungen als wissenschaftlich erkennbaren Prozess verkennt und verhüllt. Die panische Erregung, die meinem Vater damals aus den Augen gesprungen war, hielten wir schweigend unter Verschluss. Heute weiß ich, dass mein Vater, der jeden Vogel kannte, jeden Baum mit seinem lateinischen Namen belegen konnte, mit diesen Begriffen seine Angst vor der Natur bannen, die Aufregung bezähmen wollte, die ihn ansprang, wenn das Moos aus den Fugen quoll. Begriffe waren die geistigen Drahtbürsten meines Vaters. Und so habe ich lieber Sohn, guter Junge die Angst meines Vaters ein weiteres Leben lang am Leben erhalten, in meinem Beruf so weit auf die Spitze getrieben, dass nun endlich die Spitze zu bröckeln beginnt.

Im Grunde nämlich verhält es sich so: Die künstlichen Bildungen von begrifflicher Exaktheit, die unverwechselbaren Termini von internationaler Verbindlichkeit, mit denen Linné vor zweihundert Jahren aus dem Gänseblümchen ›Pellis perennis‹ machte, haben der Natur nicht Namen gegeben, sondern ihr die Namen gestohlen. Linnés Nomenklatur ist noch in anderer Hinsicht eine schwere Erbschaft, denn ihr System ist nicht bloß beschreibend, sondern auf seltsam infame Weise auch wertend. Es ist im Grunde unerhört, dass dort der Schimpanse als ›troglodytes‹, der Orang-Utan als ›satyrus‹ verunglimpft wird. Und es ist ein etwas hilfloser Humor, dass Linné der Amöbe den Namen ›Chaos chaos‹ gab. Schließlich sind die Amöben die Atome biologischer und damit auch logischer Ordnung: Chaos chaos könnte ich mit gleichem, wenn nicht besserem Recht Linnés Nomenklatur titulieren!

Die Vernichtung des Namens durch den Begriff, des lebendigen Ausdrucks durch den Terminus, hat die Entfremdung des Menschen von der ihn umgebenden Natur beschleunigt und besiegelt. *Natürlich* ist Verlust von Namen und Gestalt nur im Tode, in dem die Wesen verwesen, eingehen in eine große Gestaltlosigkeit, wie Bäche, Flüsse, Ströme ihren Namen verlieren, wenn sie in Meere münden. Indem man früher die Zuchthäusler mit Nummern bezeichnete, strich man sie aus der Liste der Menschen, verbannte sie ins Erinnerungslose. Selbst vor den Flecken, Orten, Städten macht die Verzifferung nicht halt; die Postleitzahlen sind dabei, Heimat zu vernichten. Dass in den USA die Straßen Nummern statt Namen tragen, hat mich während meiner Jahre dort immer gestört. Heute weiß ich, warum.

Ich kann Kollegen rufen hören, ob ich noch recht bei Troste bin. Ich sage, dass ich mich selten so getröstet gefühlt habe wie während dieser Tage.

Dass nämlich Pflanzen, Tiere, Menschen, die Straßen und Orte Namen haben, ist ja nur ein Teil der Wahrheit des Verhältnisses vom Wort zur Wirklichkeit. Der andere Teil, der uns entgleitet, ist, dass Namen Dinge haben, dass Dinge Namen sind, dass um Namen Kraftfelder gebildet liegen, in denen die materielle und geistige Wirklichkeit des Umgebenden dem Namen sich einfügt. So versprechen Dinge ihr Leben. Ein gewachsener Name ist, biologisch gesprochen, also Gegenstand einer Mimese. Wir kennen ja die Schutztracht mancher Tiere, die sich vor allem in der Färbung, zuweilen sogar in der

Gestalt, belebten und unbelebten Körpern ihrer Umgebung anpassen können. Die mimetische Strahlung der Namen scheint sich an allem Gewesenen, am Gelebten, zu offenbaren und angesichts des Todes ihre volle Kraft zu entfalten. Gelebtes Leben. Das ist es, was ein Name aufbewahrt. Vielleicht ist das auch der Grund, warum mir dieses Wissen erst jetzt, zum Ende hin, durch den wissenschaftlichen Panzer dringt. Wenn im Medium des Namens dergestalt Angleichungen an das vollzogen werden, was außer uns liegt, müssten in ihm Erfahrungen womöglich nicht nur nach-, sondern auch vorgezeichnet liegen. So, wie zum Beispiel alles am Menschen in der Pflanze längst angelegt ist.

Seltsame Gedanken, auf die ich da komme. Oder kommen die Gedanken zu mir? Es sind auch eigentlich keine Gedanken, sondern eher Erfahrungen. Erfahrungen, die mir die Natur dieses Ortes schenkt und aufschließt, seitdem ich begonnen habe, ihn nicht mehr nur zu besuchen, sondern mich auf ihn, in ihn einzulassen. Dass Namen erst in solchen Erfahrungszusammenhängen ihre mimetische Kraft verstrahlen, dem rationalistischen Studium aber verschlossen bleiben, macht mir der Name dieses Ortes klar. Mollberg. In seinem Moll schwingt die völlig entspannte, melancholische, aber nicht resignierende Musikalität, die aus den Geräuschen der Natur gewoben wird und den Ort akustisch durchpulst. Geographisch genau genommen gehört Mollberg zu Dringenburg, aber es zeugt vom bodenständigen Feingefühl der hier Ansässigen, dass sie das Gebiet um die kleinen Seen, an deren Ufern das Arbeitsgerät des ehemaligen Kiesabbaus langsam verwittert, verfällt, wieder Natur wird, mit den Eichen- und Kiefernwäldern, mit den Feldern, über die man weit blicken kann und die von wilden Blumen geraint sind, mit den Knicks voller Vögel, an denen die staubigen Ziegelwege entlangführen – dass sie dies Gebiet immer dem Namen Mollberg zugehörig empfunden haben und Geographie Geographie sein ließen. Sein lassen können ist ja überhaupt eine seltene Kunst! Im ganzen Mollberger Gebiet gibt es weit und breit keinen Berg. Eine andere Erhebung muss damit gemeint sein, ein Höhersteigen mentaler Art vielleicht. Im Grunde will ich es nicht wissen.

Die Melancholie des Ortes, die sein Name verspricht, die Melancholie der Unbestimmbarkeit dieses Namens, der ungeschrieben über der Landschaft zu liegen scheint, ist auch die Melancholie vergehender Zeit. Alles hier ist so unaufregend und unaufdringlich, dass man, hat man endlich die Gefahr gebannt, eine lange Weile als Last zu empfinden, immer bleiben will. Dies Bleiben, dies Sichlassen, ist ein wohltemperiertes Bad in Landschaft, die keinen Schrecken kennt. Sie ist einfach da, lieblich, lau und sehr grün. Bei Regen changiert sie, wie in gewissen Gemälden der Romantik, ins Blaue und bietet ihre Fruchtbarkeit satt und zufrieden der Betrachtung an. Kein Reiz als dieser eine, die Reize des Denkens zu beruhigen mit der Erinnerung, die sanft wie ein Moos von überallher auf mich zuwächst. Sie nimmt der Zeit die Dauer. Tage verlieren ihr Datum, Gedanken ihre wichtigtuerische Dringlichkeit, ihre Fratze der Hast. Wenn sich wie jetzt, Ende September, Gelb in die geile Prallheit dieses Sommers mischt, der gemächlich auskühlt, wenn Birkenblätter fahl auf die Wege sinken, wenn im Verblühen noch ein letztes Grün aufschimmert, um bald erschöpft zu sein, dann weiß ich, dass ein Jahr alles birgt und nimmt und gibt; dass ein Jahr nichts ist als ein Augenaufschlag, ein Wimpernzucken, ein beiläufiges Atemholen der Natur. Mollberg ist, ich weiß kein besseres Wort als dies gelesene, die wiedergefundene Zeit. Als Kind hatte ich die Zeit. Denn sie war endlos und spielte keine Rolle. Die Gegenwart war ständig da. Dann kam das Leben und die Zeit hatte mich. Nun kommt der Tod und die Zeit wird mir zurückgegeben.

Und wie ich bei Troste bin!

*

Seit meiner Ankunft habe ich mich nicht mehr rasiert. Als ich ankam, stellte ich fest, dass ich meine Rasierklingen vergessen hatte, wollte aber deswegen nicht extra nach Dringenburg fahren. Bei meinem ersten Wocheneinkauf dort versah ich mich mit Klingen; die harten Bartstoppeln begannen lästig zu werden, rieben an den Hemdkragen und verursachten im Gesicht ein Gefühl gemischt aus Spannung und Kitzel. Doch als ich endlich eingeschäumt vorm Spiegel saß und die ersten Bahnen von den Wangen zu schaben versuchte, war das dabei entstehende Reizgefühl auf der Haut derart unangenehm, dass ich mit einer schmerzverzerrten Grimasse innehielt. An der Stelle vor dem rechten Ohr, an der ich den Rasierversuch angesetzt hatte, hatte ich mir einen stark blutenden Schnitt zugefügt. Zusätzlich begann die dort nunmehr glatte Hautpartie sofort dunkelrot aufzuglühen und sich mit ausschlagartigen Pickeln zu übersäen. Verärgert wischte ich mir den Schaum vom Gesicht, wobei das Wort Verärgerung das Gefühl nicht fasst, das mich befiel. Eine ängstliche Beklommenheit rief mir zu, dass der Greis dort im Spiegel nun nicht mehr die Ruhe der Hand habe, sich selber rasieren zu können, dass der Bart, gegen den er eigenhändig nicht mehr werde ankämpfen können, als äußerlich sichtbares Zeichen seines Verfalls bis ans Ende weitersprießen werde. Aber diese höhnische Selbsteinsicht in die Hilflosigkeit des Alterns verschränkte sich zugleich mit dem Gedanken, dass meine Physis Protest angemeldet habe gegen einen widernatürlichen Eingriff in ihr Wachstum;

dass der körperliche Verfall, der diesen Protest an die Oberfläche gebracht hatte, aus sich heraus eine neue Qualität, eine Quelle aus dem Versiegen, hervorzubringen begann.

Ich saß vor dem Spiegel und starrte in die wüste Stoppel-Landschaft meines Gesichts, aus dem das Blut des Schnitts an meinem Kieferknochen träge nach unten troff, sah, wie das weißgraue Gekräusel auf der Oberlippe in verschwimmende Bewegung geriet, zerweichte, zerfärbte, ein blonder Flaum auf sonnenbrauner Haut, die aus den Sommerferien zurück nun wieder im kahlen Klassenzimmer bleichen wird. Durch meine Träumereien zieht das Tosen der Nordseebrandung, das Rascheln des Dünengrases, des Strandhafers, das Geschrei, das Gemecker der Möwen, und von ganz fern eine Stimme, die meinen Namen ruft. Tziebäcke, mein Banknachbar, stößt mich in die Seite.

– Lukas!

– Ja?

– Schlafen Sie gut, Ohlburg? Oberstudienrat Dr. Wölks spöttische Stimme. Wollen Sie bitte die Güte haben, uns das zu repetierende Meisterwerk deutscher Dichtkunst vorzutragen? *Herr* Ohlburg, bitte!

Tziebäcke zuckt mit den Schultern. Bedauerndes Lächeln. Felmhofer grinst schadenfroh, Eilert feixt. Ich trete aus der Bank in den Gang. Durch den oberen Teil der Fenster, deren Blick nicht durch Milchglas getrübt wird, fällt die Sonne der Ferien.

– Conrad Ferdinand Meyer.

Abendrot im Walde.
In den Wald bin ich gegangen …
– Geflüchtet, flüstert Tziebäcke.
– Äh, geflüchtet,
Ein zu Tod gehetztes Wild. Äh …

Tziebäcke zuckt wieder mit den Schultern. Wölks spöttisches Genäsel:

– Morgen kennen Sie das. Perfekt. Und mit angemessener Betonung, wenn ich bitten darf. Und »Die Füße im Feuer« dazu. Aber mit Betonung, Ohlburg. Das ist Lyrik. Das ist Zauber. Sie ruinieren ja alles mit Ihrem Gestammel. Ohlburg, Mensch! Was wollen Sie bloß werden? Setzen! Obbie, machen Sie das mal.

Obbie ist Primus. Er macht das wieder mal. Ob Wölk sein öliges Geleier für angemessene Betonung hält?

– In den Wald bin ich geflüchtet,
Ein zu Tod gehetztes Wild.
Da die letzte Glut der Sonne
Längs den glatten Stämmen quillt.

Ich treibe zurück auf die Insel Wangerooge, zurück zum Sand, zurück zum Meer, und durch den Wind leiert Obbie deutsche Dichtkunst.

– Keuchend lieg' ich. Mir zur Seiten
Blutet, siehe, Moos und Stein –

Da war noch etwas, noch etwas. Wo war das?

– Strömt das Blut aus meinen Wunden
Oder ist's der Abendschein?

Das rote Gerinnsel im Moos des Bartes verkrustete schorfig. Ich starrte mich immer noch an, sah einen

Fremden, der vor sich selbst erschrickt. Wo war das? Wann ist das? Dieser skeptische Blick, dieser Ekel vorm Wuchern des Bartes? Mutter sagt:

– Junge, sieh dich mal an.

Straßenlärm, rauschende Toiletten, Duschen. Fremde Gerüche, eine fremde Sprache, die mir schon einmal vertraut war, so vertraut. Das winzige, dreckige Hotelzimmer. Chelsea. London. Anfang 1934. Die Überfahrt war fürchterlich, die Fähre völlig überfüllt, auf den Gängen Gepäckstücke, überall Erbrochenes. Ich bin seekrank. Ich fluche ununterbrochen vor mich hin. Franz sagt ein über das andere Mal:

– Sei froh, dass wir rauskommen.

Natürlich, er hat ja so recht, so bitter recht. Aber ich kann es, ich will es immer noch nicht glauben. Warum mussten wir unsere Mäuler so weit aufreißen, wir alle, Vater, Mandelbaum, ich? Seit man Vater vom Dienst suspendiert hatte, ausgerechnet Vater mit all seiner Zucht und Ordnung, hätten wir gewarnt sein müssen. Spätestens. Oder schon früher, vor einem Jahr, als Marjorie ihre Koffer packte.

You folks are crazy, sagte sie immer nur, noch am Bahnsteig, durch die Tränen hindurch. You folks are crazy. You call that science? You call that politics? I call it mysticism, plain mysticism.

Natürlich war es Schwachsinn, was die Universitäten überschwemmte, Rasse, Blut, der ganze törichte Irrationalismus, der immer dreister von den Kathedern quoll. Und ausgerechnet bei uns, den Botanikern, den Biologen, ließen die Kommilitonen begeistert, berauscht Erkenntnis fahren, ließen Wahrheit Wahrheit sein, predigten Volkstum, Blut und Boden, zwangen Mandelbaum, der vom letzten Zucken des Urwaldmenschen öffentlich gesprochen hatte, zur Emeritierung, er floh in die USA. Anfangs hatten wir darüber gelacht, aber es war ein zweifelhaftes, verzweifeltes Lachen. Mit Mandelbaums Exodus verging uns das Lachen. Dann kam Vaters Rausschmiss, Vater, der vor seinen Schülern von der Regierung als hergelaufenem Pack, kulturlosen, zuchtlosen Banausen gewettert hatte, dann unsere Flugschrift, in der wir uns über die sogenannte Rassentheorie lustig machten und die wir im Institut verteilten. Meine Zwangsexmatrikulation, Franz, kurz vor dem Abitur, flog vom Gymnasium. Vater wurde eines Nachts, als er betrunken nach Hause kam, zusammengeschlagen. Mutter gingen plötzlich die Augen auf. Von nun an bestimmte sie. Das Haus wurde verkauft. Koffer gepackt, das Mobiliar kam nach. Nach London. Franz und ich kamen nach. Übernächtigt, dreckig kamen wir nach.

– Junge, sieh dich mal an. Um Gottes willen! Aber Hauptsache, dass ihr da seid.

Ich sehe in den Spiegel, mir ekelt vor meinem Fünf-Tage-Bart. Noch bevor ich todmüde aufs Bett falle, rasiere ich mich, heftig, unkonzentriert, schneide mich. Man muss dagegen angehen, man darf das nicht wachsen lassen. Es überwuchert uns, verschlingt uns. Im Einschlafen höre ich Franz, der Psychologie studieren will, vielleicht in Schweden, vielleicht in den USA. Er übt schon.

– Sich rasieren ist die subtilste Form des Masochismus.

Er lacht. Ich schlafe. Ich träume von Algen, braunen Algen, Farnen, Bärten, Moosen. Es überwuchert mich.

Ich schrak auf, saß vor dem Spiegel, hatte das Gefühl, dass es auf sonderbare Weise kein Zufall war, dass ich meine Rasierklingen vergessen hatte. Vergessen hilft dem Erinnern. Jetzt ist mein Bart dem Stoppelalter entwachsen. Er ist weich. Ich habe ihn akzeptiert. Ich sehe in den Spiegel. Ich bin froh, dass ich mich verändere.

*

Wenn selbst der Name Gegenstand einer Mimese werden kann, deren Medium der Klang ist, so erst recht die Gestalt, deren mimetisches Medium die interesselose Betrachtung ist. Dass ich dem Moosteppich auf der Terrasse immer stärkere Aufmerksamkeit schenke, würde Franz entwicklungspsychologisch damit erklären, dass mir endlich die Loslösung von Vater zu gelingen scheint. So einfach ist es aber nicht. Es ist einfacher. Denn wenn ich mit meinen Füßen das Moos berühre, berührt zugleich auch das Moos meine Füße. Das Moos zieht mich an, ich wende mich ihm zu. Aber je stärker ich auf eine analytische, terminologische, gattungsbestimmende Sichtweise verzichte, je mehr ich den botanisch stechenden Blick verliere, desto stärker scheine ich das Moos anzuziehen. Versteht man mich?

Es ist doch bekannt, dass Pflanzen zu Menschen eine sehr viel stärkere Affinität verspüren als zu anderen Lebewesen. Man hat sogar experimentell nachgewiesen, dass Pflanzen auf das Absterben menschlicher Körperzellen besonders heftig reagieren. Diese Experimente sind von der Schulwissenschaft bekanntlich immer als Scharlatanerie und Mystizismus abgetan worden, und ich selbst habe mich mit meiner Polemik gegen J.C. Boses »Response in the Living and Non-Living« an diesem verzweifelten Versuch der sogenannten Objektivität beteiligt, den Erkenntnis- gegen den Erfahrungsbereich abzudichten. Hier und jetzt zermürben meine alten Widerstände, zerfallen zum Humus der Erfahrung, dass ein Bereich existiert, in dem etwas von einem Punkt zum anderen, von einem Organismus zum anderen gelangen kann, ohne dass Zeiten und Räume wesentlich relevant werden. Dass sich zwischen dem Moos und mir eine Kommunikation aufbaut, dass ich nicht nur Betrachter bin, sondern auch betrachtet werde, spüre ich deutlich, auch wenn ich noch nicht die Sprache verstehe, in der diese Kommunikation vonstattengeht. Mit Sicherheit ist es nicht die Sprache, deren ich mich momentan bediene. Und selbst wenn es mir gelingen sollte, mein kategorisierendes Denken in der Lauge einer Sprache anzulösen, durchlässig zu machen, die nicht erklärt, sondern staunt, würde die Kommunikation wohl kaum dadurch zustande kommen, dass ich schreibend über sie nachsinne. Und doch! Wie ich nun abwechselnd ins Moos blinzele, in dem meine Füße ruhen, um dann den Blick wieder dem Papier zuzuwenden, das meine Hand mit diesen Zeichen, diesen Bildern bedeckt, ist da eine Ähnlichkeit.

Ich muss das erklären. Aber wem?

Es ist mir häufig passiert, dass Ereignisse, die bei ihrem Eintreten ärgerlich schienen, lästig, oder aber als belanglos ins Vergessen abgeschoben wurden, sich früher oder später als sinnvoll erwiesen. Es sind dies verborgene Korrespondenzen, deren Bedeutung sich erst enthüllt, wenn sie plötzlich ungerufen, blitzartig, zusammenschießen. So schien mir eben, beim Wechselblick vom Moos aufs Papier, vom Papier aufs Moos, wieder einmal der Star gestochen. Denn seitdem mir neulich, beim morgendlichen Stenogramm, die Erinnerung an das tödliche Kratzen der Drahtbürsten zurückgekommen war, begann es mir äußerst widerlich zu werden, weiterhin in Kurzschrift zu notieren. Ich kramte also meinen Füllfederhalter hervor, der jedoch eingetrocknet war. Tinte war im Haus nicht zu finden. Als ich im Nachmittag mit dem Fahrrad nach Spohle fuhr, um meine üblichen Einkäufe zu machen, fragte ich im Supermarkt, in den Hansens Kolonialwarenladen mutiert ist, nach Tinte. Es gab auch welche, aber da Tinte dort offenbar selten verlangt wird, lediglich grüne.

– Blaue ist alle, sagte die Verkäuferin. Schwarze auch. Macht das was?

Mir war es gleichgültig, gleichgültig bis zu diesem Augenblick vor vielleicht fünf Minuten, oder Stunden. Was macht das? Das ist gleichgültig. Dass ich aber überhaupt zur Tinte zurückgefunden habe, Tinte, die das Papier nicht zerkratzt, sondern langsam und zart hineinsinkt, dass ich zur Schrift zurückgefunden habe, Schrift, die selber Bilder hervorbringt statt abstrakter Stenogrammkürzel, das ist wahrlich nicht gleichgültig.

Denn siehe, das doppelte O im Moos, es spiegelt meine Brille, und wie ich nun schärfer hineinsehe, indem ich nicht mehr exakt fixiere, da ist es das Binokularmikroskop im botanischen Institut. Es riecht faulig und einigen Kommilitonen ist übel geworden, obwohl alle Fenster sperrangelweit auf stehen. Aber herein kriecht nur der schwere Föhn, unter dem München seit drei Tagen stöhnt. Unser Seminar ist dem Leben auf der Spur, dem Chlorophyll, dem Grün, und während Marjorie Garfield, die Gaststudentin aus Schottland, neben mir steht und mit ihrem rechten Auge das Leben erforscht, mit ihrem linken aber mein rechtes, während mein rechtes ihr linkes durchdringt, während mein linkes wiederum in die Zellstruktur dringt, hören wir Professor Mandelbaums Stimme, Mandelbaum, den wir natürlich Den Alten nennen, Mandelbaum, der seine anfeuernden Analysen gibt, nein predigt:

– Und so entsteht auf unserem Planeten, meine Herren, meine Damen und Herren, …

Marjorie blinzelt.

– … die lebendige Materie – durch die Pflanze und nur durch die Pflanze! Deshalb repräsentiert die Gesamtheit der Pflanzen auch das, was die Ökologie als primäre Produktion bezeichnet, einzig und allein dazu bestimmt, von komplexeren Lebewesen, Tieren und Menschen, konsumiert zu werden. Die Algen, die Moose, überhaupt alle Grünpflanzen, die den Algen und Moosen in der Geschichte des Lebens folgten, leben von Wasser, Licht, Luft und Mineralien. In einer Synthese aus Stofflichem und Unstofflichem vereinigen sich die vier Elemente Wasser, Luft, Licht und Erde, um daraus ihr lebendiges Fleisch zu formen. Ohlburg! Sie sind unkonzentriert. Sehen Sie doch hin. Sonst sehen Sie nichts.

Marjorie blinzelt. Ihr Haar leuchtet in der Nachmittagssonne.

– Eine magische Synthese, die allein den Pflanzen vorbehalten ist, der menschlichen Wissenschaft unerreichbar. Und ich sage das, meine Herren, meine Damen und Herren, als Wissenschaftler und Mensch.

Gelächter vor den Mikroskopen.

– Garfield! Sie sind ebenfalls unkonzentriert. Bei zahlreichen primitiven Lebewesen, beispielsweise bei dem, was Sie gerade betrachten, also der Geißelalge, ›Chlamydomonas‹, Ohlburg! Wiederholen Sie!

– Chlamydo… äh …

– Sehen Sie doch besser hin! Es liegt doch alles in Ihrem Blick!

Marjorie lächelt.

– Bei primitiven Lebewesen also erfolgt die sexuelle Verbindung lediglich zwischen absolut identischen Zellen, deren Geschlecht nicht feststellbar ist.

Mir läuft der Schweiß in die Augen. Marjorie hat dunkle Flecken unter den Achseln.

– Die heftige Attraktion, die eine Zelle plötzlich zu einer anderen hinzieht, dürfte Folge gewisser chemischer Absonderungen sein.

Die Flecken unter ihren Achseln.

– Somit ist das subtile dialektische Spiel gegenseitiger Anziehungskraft, gegenseitigen Zurückweichens …

Marjorie hüstelt.

– … schon bei den primitivsten Lebewesen nachweisbar.

Ich wische mir den Schweiß aus den Augen, muss meine Brille von Feuchtigkeit befreien.

– Viertel nach fünf, Englischer Garten, wispere ich.

– Scottish revival, flüstert sie wieder.

– Das mag genügen, meine Herren. Meine Damen und Herren, sagt Mandelbaum. Ohlburg!, ruft er mir zu, während wir hinausschlendern, Ohlburg! Sie sollten aufmerksamer zuhören. Nächste Woche nehmen wir uns die Moose vor. Aber im Detail. Da wird's schon komplizierter, mein Lieber. Aber, und er lächelt mir zu, im Englischen Garten gibt's ja auch Moose genug. Also studieren Sie schön.

Studieren Sie schön …

Ah, natürlich, das doppelte O. O nein, dass ich zur Schrift zurückgefunden habe, ist durchaus nicht gleichgültig. Und dass es in Spohle nur grüne Tinte gab, war ebenfalls alles andere als gleichgültig. Gleichgültig sind wir nur, wenn wir bestimmte Dinge für wichtiger halten als andere. Aber alle sind sie gleich gültig.

Und die Interessen unseres Lebens, und erst recht unseres Sterbens, sind so vielfältig verflochten, dass nicht selten ein noch gar nicht bestehendes Glück bereits angelegt und vorgezeichnet ist, wenn wir noch immer glauben zu leiden.

*

Der Weg zum Hennting'schen Hof, wo ich mir Gemüse, Eier und, seit einigen Wochen, zu meiner eigenen Verwunderung, wieder Milch hole, Milch, die mir zu bekommen scheint und mir schmeckt, obwohl ich auf sie seit meiner Kindheit mit Ekel und körperlicher Allergie in Form rötlichen Hautausschlags reagiert habe, führt an eingefallenen Förderanlagen und Schuppen einer abgewirtschafteten Kiesgrube vorbei. Bei meinen letzten Gängen in der Abenddämmerung, die immer früher fällt, fiel mir wiederholt ein schwaches, grünblaues Leuchten auf, das aus einem höhlenartig verschütteten Betonsilo zu strömen schien. Beim ersten Mal hielt ich das Geflimmer für eine Irritation meiner übermüdeten Augen, hatte ich doch den ganzen Tag bei der Lektüre von Englers »Syllabus der Pflanzenfamilien« verbracht, vertan. Indem ich die Brille abnahm und mir die Augen rieb, verschwand das Lichtphänomen sofort. Obwohl ich in der folgenden Nacht Träume hatte, in denen das Leuchten eine gewisse Rolle spielte, deren ich mich aber am Morgen nicht entsinnen konnte, vergaß ich den Vorfall schnell. Eine Woche später, bei gleichem Gang und gleicher Tageszeit, aber in schon weiter fortgeschrittenem Dunkel, machte ich erneut die gleiche Wahrnehmung, die sich diesmal auch nicht verflüchtigte, als ich die Brille abnahm. Als ich jedoch ein paar Schritte auf das Silo zumachte, verlor ich die Erscheinung aus dem Blickfeld. Ich entschloss mich, der Sache am nächsten Abend auf den Grund zu gehen.

Es war fast stockdunkel, als ich, über natürliches Geröll und verstreute Betonbrocken stolpernd, durch den efeuüberwucherten, vermoosten Eingang des Silos drang. Sobald ich die Taschenlampe ausschaltete, begann von Wänden und Boden das Strahlen, ausgehend von einzelnen Punkten, aber einen diffusen Schimmer verbreitend wie schwaches wolkenverhangenes Mondlicht. Die botanisch-analytische Erklärung ist einfach, denn das sogenannte Leuchtmoos lebt ja vorzugsweise in feuchten Felsspalten und Höhlen. Es ist an sich schwer zu finden, da extrem kleinwüchsig und unscheinbar, verrät sich aber durch sein schwaches, blaugrün schimmerndes Licht, das auf denkbar einfache Weise zustande kommt. Der Chlorophyll-Körper nimmt während des Tages mehr Licht auf, als die Pflanze Energie benötigt. Dieser überschüssige Teil der Lichtstrahlen wird wieder abgestrahlt und erzeugt den Schimmer, der mich irritiert, angelockt hatte. Ich schaltete die Taschenlampe wieder ein, um das Moos aus der Nähe zu betrachten, aber als ich mit meinen Knien den Boden im Bücken berühre, ist plötzlich dieser Herbstnachmittag im Raum. Unsere nackten Knie drücken sich in den Betonfußboden des halb fertigen Silobaus, bei dessen verbotenem Betreten Eltern für ihre Kinder haften. Der Moment ist gekommen, wo die Verheißungen des Chemie-Baukastens vom Experiment zur Wahrheit, zum Ereignis werden müssen. Wir beugen uns über die grün fluoreszierende Phosphormasse. Franz reißt das Streichholz an, die Stichflamme rast ihm über den Arm, springt mir in die Augen, wir laufen dem Ausgang zu, schreiend aus dem dichten Qualm ins Helle, aber alles ist mit einem milchigen Schleier überzogen. Später kommt die Sonne zurück, denn die Gläser, die ich bekomme, sind stark, mit einem schmalen Messingrand, der in die Nasenflügel drückt. Wenn ich zu lange lese, bekomme ich Kopfschmerzen. Ab und zu flimmert es. Ich wische mir die Augen und merke, dass der Strahl der Taschenlampe schwächer wurde.

Hat das Moos den Schrecken über all die Jahre, sechzig müssen es sein, bewahrt? Unberührt bewahrt? War ich so lange hier drinnen? Sechzig Jahre zurück? Oder mehr? Oder weniger? Das Leuchtmoos ist ein einfach erklärbares Phänomen. Die überschüssige Energie wird gespeichert und später, viel später, abgestrahlt. Es ist ein optisches Echo. Ein Echo des Lichts. Ein Echo der Bilder. Ein einfach erklärbares Phänomen. Leuchtmoos. Aber was weiß es? Was zeigt es? Was winkt es mir zu? Ein Echo der Bilder? Eine Bildererinnerung? Ein einfaches unscheinbares Moos.

An diesem Abend bekam ich wieder rötlichen Hautausschlag, diesmal an den Oberarmen. Ich sollte doch besser keine Milch trinken. Oder ist es Franz, der seinen Arm im Wasser des Baggersees kühlt?

*

Der Herbst kommt in überstürzter Hast. Als wolle er richtigstellen, dass der ungewöhnlich milde Nachsommer, der bis tief in den Oktober zog, seiner Gnaden zu verdanken war. Heftige Regenstürme und erste Nachtfröste lassen dem Laub kaum Zeit, sich vor dem Fall zu färben. Als ob man verschlafen hat, zu spät aufschreckt und in der hektischen Eile durch die geschlossene Tür bricht. Neben Unpünktlichkeit, die er als persönliche Beleidigung auffasste, hasste mein Vater nichts mehr als ungekämmte, wirre Haare und schmutzige Fingernägel. Erwischte er uns in einem solchen Zustand, zumal bei Tisch, rief er:

– Das ist die Wildnis!

Oder, was eine Steigerung darstellte:

– Das ist die Dekadenz!

Zur Strafe befahl er uns dann ins Badezimmer, griff zu einer fürchterlich stumpfen Nagelschere und schnitt uns die Nägel so tief unter den Kuppen ab, dass nicht selten Blut floss. Ähnlich verfuhr er mit allem, was rund ums Mollberger Haus wuchs. War sein Intimfeind, das Moos, zur Räson gebracht, ging es ans »Kappen und Lichten«. Äste, Zweige, Gräser, die sich erdreisteten, den Wänden nahezukommen, wurden mit einer riesigen Heckenschere, mit Säge, Axt und Beil »zur Ordnung gerufen«. Die Zweige der Kiefer, die inzwischen bei Wind wieder an die oberen Fenster klopfen, erregten ihn einmal so sehr, dass er den ganzen Baum fällen wollte, wovon Mutter ihn nur mit Mühe abbringen konnte. Sein Drang, die Natur unter Kontrolle zu bringen, nahm in Jahreszeiten wie dieser manisch-paranoide Züge an. Wenn sich das Laub ums Haus häufte, sich in nassen Klumpen mischte und zu zerfallen begann, kam die »Stunde der Wahrheit« für die harten Reisigbesen, die den »Glibber«, »die Murre«, »den Schlamm«, »das ganze Laubgekröse« von Fundament, Sockel und Gebälk fernzuhalten hatten.

– Feuchtigkeit, stöhnte mein Vater, Feuchtigkeit ist tückisch. Feuchtigkeit kriecht.

Um seinen abgrundtiefen Ekel vor allem humusbildenden Zerfall zu verstehen, muss man gehört haben, mit welchem Widerwillen er dies »Feuchtigkeit kriecht« von seinen Lippen tropfen ließ. Bevor wir am Ende der Sommerferien wieder in die Stadt zurückkehren konnten, musste alles am Haus, was auch nur im Entferntesten dazu geeignet schien, dem Kriechen der Feuchtigkeit Vorschub zu leisten, mit riesigen Quantitäten übel riechenden Holzschutzes durchtränkt werden.

– Similia similibus curantur, zitierte er den Grundgedanken der Homöopathie, wenn Franz und ich in der stinkenden Xylamon-Lösung wateten. Das einzige Mal, dass mein Vater mich geschlagen hat, entsprang so einer Situation. Denn ich hatte ihm vorgeschlagen, doch selber Holzschutz zu trinken, wenn er ihm so wichtig sei.

Dabei hatte er durchaus nicht den Ehrgeiz, den das Haus umgebenden Wald zum Park oder Garten zu zivilisieren. Im Gegenteil, er war wie versessen darauf aus, die natürliche Struktur und das herkömmliche Erscheinungsbild der verbuschten Heidelandschaft, die sich hier im Lauf weniger Jahrzehnte aus verwahrlostem, ökonomisch degradiertem Weideland gebildet hatte, zu erhalten. Dieser Purismus, den Vater durch regelmäßige Lektüre von Werken Hermann Löns' ständig auffrischte, führte zu dem Paradoxon, dass die direkte Umgebung des Hauses ein gepflegter Wald wurde, ein Areal, aus dem mein Vater alles verbannte, was seiner Ansicht nach den natürlichen Eindruck einer Buschheide verwässerte. Als Franz einmal im Herbst einige Kastanien vergraben hatte, die im nächsten Frühjahr ausschlugen, riss mein Vater die Sprösslinge als artfremde Eindringlinge kurzerhand aus.

Heute sind die früher künstlich buschig gehaltenen Eichen zu stämmigen Bäumen erwachsen, durch das Heidekraut wuchern alle möglichen Wildgräser, Moose und Blumen, und die Reisigbesen stehen unter einem dichten Gespinst von Spinnennetzen im Schuppen. In diesem Schuppen gibt es gewissermaßen drei Zonen. In der ersten lagern wie eh und je Brennholz und Kohlen, die zweite beherbergt das Werkzeug, mit dem die Familie meines Bruders hantiert, während die dritte aus der Werkbank besteht, die mein Vater sich dort eingerichtet hatte. Seltsamerweise haben weder mein Bruder noch mein Neffe an dieser Schuppenecke etwas verändert. Sie strahlt in ihrer musealen Unwirklichkeit eine Aura aus, die keine andere Funktion hat, als dem Eindringling ein leises, doch energisches Rühr-mich-nicht-an entgegenzuflüstern. Als ich vorhin Kohlen holte, fuhren Lichtreflexe verirrter Sonnenstrahlen, die die Wolken des

Herbsthimmels freigaben, durch das trübe Fenster über diesen Altar des Ordnungsfanatismus meines Vaters. Die Werkzeuge hängen, nach Größe sortiert, ausgerichtet an der Wand. In Blechdosen, säuberlich mit den jeweiligen Längenangaben beschriftet, liegen Nägel und Schrauben. Unter dem Tisch stehen in akkurater Ausrichtung mehrere Kanister Xylamon. Das Regal birgt in Reihe und Glied die Parade verschiedener Farbtöpfe und Pinsel. Aber wie ich den Blick ein wenig auf dieser statuenhaften Sterilität ruhen ließ, spürte ich, dass dem ganzen grotesken Arrangement beamteter Akkuratesse etwas entströmte, das diese starre Ordnung in unendlich zögernde Auflösung versetzt hat. Staub und Rost sind die Medien dieser geduldigen Zersetzung, dieser Dekadenz des Anorganischen, dieser Kompostierung des Technischen. Axt und Beil und Säge verrotten wie die Stämme, die sie schlugen. Schaufel und Spaten werden zum Humus, den sie schichteten, Besen zum Schlamm, den sie kehrten. Und über alles legt sich der Staub wie ein Moos der Trockenheit.

*

Ebenen von Moos. Horizontlos. Himmellos. Gehen in kreisendem Grün. Wildernde Riesenkatzen verfolgen mich. In einem Baum sitzt Darwin und weist mit seinem wehenden Bart den Weg. Atemloses Waten in grellroten Feldern von Herzklee. Die Katzen verlieren die Spur. Die höchsten Blätter der Pflanzen reichen mir bis zur Brust. Die Blätter sind dreieckig, wie mein eigenes Herz. Jedes Blatt ist genau wie ein Herz gezeichnet, in seiner wirklichen Fleischfarbe. Fleischige Stängel fächeln Kühlung. Die Felder wogen, beginnen zu strömen, ziehen mich mit. In den Kleemassen fließe ich pulsierend nach nirgends. Die Kleestängel fahren durch mich hindurch. Gleichmäßiges Pumpen. Unvermittelt Katarakte. Das rote Strömen stockt. Aufschäumen. Zusammenziehen. Beklemmungen. Atemnot. Aus dem Strudel ragt der Sauerklee, breit an den Enden, in der Mitte gespalten und spitz gegen den Stängel hin. Darwins Bart winkt. Ich reiße meinen Mund auf, denn meine Extremitäten sind starr, bewegungslos, verbeiße mich in ein riesiges Sauerkleeblatt. Finde Halt. Der rote Strom zieht unter mir ab. Nun wieder ungestörtes Pumpen. Hinein schleicht anschwellend das Picken, nervöses unrhythmisches Ticken. Tacken. Das gepumpte Gleichmaß kommt aus dem Takt. Das Picken, das Ticken beginnt zu rasen. Mein Herzschlag kann nicht Schritt halten. Der Sekundenzeiger treibt ihn herzlos vor sich her. Aus dem Ticken fallen grünliche Lichtsignale von fernen Seezeichen. Der Sekundenzeiger jagt sinnlos seine Kreise.

Wie ich zur Uhr schaue, ist es mitten in der Nacht. Ich streife die Uhr ab, aber der Schlaf will nicht zurückkommen. Mein Herz schlägt gleichmäßig. Ich horche in mich hinein. Herzklee. Sauerklee. In der Homöopathie verabreicht bei Herzbeschwerden. Wie sich im Traum die Kausalität verdreht. Oder richtigstellt. Die nebelhaften, aber oft auch präzisen Wahrnehmungen, Beobachtungen, Empfindungen erzeugen dort die Phänomene, welche man im Wachzustand als ihre Ursache ansehen würde. Mein Herz warnt mich vor der Uhr. Herzklee Sauerklee. Darwin weist wohin? Alles ist miteinander verbunden. Alles gehört zusammen. Das Blut durchströmt das Gehirn. Herzklee Sauerklee Klee. Ein riesenhafter Blutkreislauf. Wildernde Katzen. Ein einziges Einatmen. Ausatmen. Warum Klee? Darwin hat den Klee beobachtet. Wie war das? Ein Ein- und Ausatmen. Ein ökologischer Blutkreislauf. Klee. Gleichmäßiges Pumpen. Katzen. Kausalität. Darwin. Zirkulation. Der Schlaf will nicht kommen. Draußen streift eine wildernde Katze umher. Ihre Schreie. Klee, Katze, Kausalität. Die Katze jagt Waldmäuse. Kreislauf. Waldmäuse zerstören Hummelnester. Klee. Hummeln bestäuben den Klee. Da ist der Einstieg. So kettet sich der Kreislauf. Ich weiß es wieder.

Darwin stellte fest, dass nur Hummeln die roten Kleeblüten heimsuchen, da Bienen nicht an ihren Nektar herankommen. Wenn nun, sagt Darwin, die Hummel ausstirbt oder seltener wird, wäre auch der Herzklee weniger häufig anzutreffen oder würde ganz verschwinden. Wie viele Hummeln es in einer bestimmten Gegend gibt, hängt weitgehend davon ab, wie viele Waldmäuse dort leben, die ihre Nester und Honigweiden zerstören. Die Anzahl der Waldmäuse hängt aber im Grunde von der Anzahl der dort jagenden Katzen ab. Hummelnester finden sich häufig in der Nähe menschlicher Ansiedlungen und kleiner Dörfer, was wiederum auf die große Anzahl von Katzen zurückzuführen ist, die vom Waldmausbestand leben und diesen kurzhalten. Also bestimmt die Anwesenheit von Katzen über das Gedeihen bestimmter Pflanzen in einem bestimmten Gebiet, über den Umweg des Mäuse- und Hummelvorkommens. Der Klee, der sich dank der Hummeln, also dank der Katzen, stark verbreiten kann, dient den Kühen und Rindern als Weide. Seeleute brauchen große Mengen gepökelten Rindfleischs. Damit hatte England seine Stärke zur See auch den Katzen zu verdanken. Und den alten englischen Jungfern, deren Liebe zu den Katzen grenzenlos war. Indem die Seemacht England Kriege führte und den Frauen die Männer nahm, produzierte sie eine Vielzahl englischer Jungfern, die sich in Ermangelung von Männern in Katzen verliebten. Die Katzen aber halten die Mäuse kurz, was den Hummeln zugutekommt, und wieder zurück bis zum Anfang. Das war der Kreis. Eine kuriose Geschichte. Die klassische Geschichte des ökologischen Kreislaufs. Mandelbaum erzählte sie gern. Immer von vorn. Immer im Kreis. Er schmückte sie mit Details liebevoll aus.

– Haben Sie begriffen, Ohlburg? Ein Kreislauf. Kein Anfang, kein Ende. Alles ist eins. Haben Sie begriffen?

Der Sekundenzeiger jagt mein Herz. Was soll ich hier mit einer Uhr? Wenn ich sie zwei Tage liegen lasse, setzt die Automatik aus. Sie steht. Der Gedanke produziert Müdigkeit. Dann kommt der Schlaf. Traumlos. Tief. Es schläft mich.

Ich trage nun keine Uhr mehr.

*

Obwohl es die typischen Symptome eines klassischen Schnupfens waren, angeschwollene Nasenschleimhäute, erhöhte Schleimproduktion, die sich tagsüber in der Stirnhöhle festsetzte und nachts, wenn ich lag, sich löste und lief, hatte ich von vorneherein eher an eine allergische Reaktion geglaubt, wie sie mir etwa schon bekannt war von den Klima-Anlagen in amerikanischen Häusern. So oder so war der Zustand mehr als lästig. Ein Gefühl bedrängender Verschlossenheit des ganzen Kopfes, die aufs Hörvermögen durchschlug und meine Konzentration, wenn ich denn meine Zuwendung zu den Dingen Konzentration nennen kann, beträchtlich lähmte. Eine Abstumpfung meines gesamten Sensoriums, ein Empfinden, Tag für Tag wie in Watte gepackt auf das zu blicken, was mich umgibt, ohne dem Umgebenden nahe kommen zu können. Das war umso betäubender, als ich in den letzten Wochen festzustellen glaubte, halb willentlich, halb wie gesogen, in eine Harmonisierungsbewegung mit der Erscheinungswelt geraten zu sein. Die zufälligen Begegnungen mit der Dingwelt fielen mir zu, weil ich begann, diese Dingwelt als bedingungslos zu erfahren, befreit von Zwängen der Kausalität und analytischen Logik. Auf jeden Fall verhinderte die krankhafte Abschottung meines Kopfes ein weiteres Vordringen in diese Bereiche und erfasste in Wellenbewegungen nach und nach meinen ganzen Körper. Die Geschmacksnerven versagten weitgehend ihren Dienst, die Brille konnte meine Sehschwäche nicht mehr voll ausgleichen, sogar mein Tastvermögen nahm auf beängstigende Art und Weise ab; einmal ließ ich eine Tasse Tee fallen, weil ich glaubte, sie fest im Griff zu haben, sie in Wirklichkeit aber kaum berührt hatte.

Ich war schon fast entschlossen, den Arzt in Wiefelstede zu konsultieren, als mir der Zufall in Gestalt eines technischen Versagens die Lösung und damit Befreiung von diesen Zuständen zuspielte. Mit Anbruch der Heizperiode hatte ich immer nur von der Elektroheizung Gebrauch gemacht, die Franz vor einigen Jahren hatte einbauen lassen. Die Versorgung des alten Kachelofens schien mir zu aufwendig und unbequem. Diese Elektroheizung funktioniert nun nach dem Nachtspeicher-Prinzip und gibt tagsüber nur Wärme ab, wenn man sie des Nachts entsprechend reguliert. Eines Abends hatte ich vergessen, vorm Schlafengehen den Ladeschalter einzustellen, was dazu führte, dass die Heizkörper am nächsten Tag nur kalte Luft verströmten. Ich stellte das Gerät also aus und nahm recht mühevoll den Kachelofen in Betrieb. Dass meine Schnupfensymptome an diesem Tag nicht auftraten, sondern schlagartig verschwanden, setzte ich anfangs nicht in Beziehung zu diesem Wechsel der Beheizung. Als ich jedoch am folgenden Tag die nun ordnungsgemäß aufgeladene Elektroheizung wieder anstellte, setzten auch die Symptome mit unverminderter Heftigkeit wieder ein. Um mich zu vergewissern, schaltete ich die Heizung in halbstündigen Intervallen einige Male an und aus, und mein Körper reagierte sofort entsprechend. Vermutlich liegt die Ursache darin begründet, dass das Gebläse der Heizung den Hausstaub aufwirbelt und dadurch meine Reaktionen erzeugt. Wie auch immer: die Symptome sind seither nicht mehr aufgetreten, heize ich doch nur noch mit Holz und Kohle. Von einer lästigen, unbequemen Tätigkeit kann übrigens überhaupt nicht die Rede sein.

Es verschafft mir sogar ein Gefühl tiefer Befriedigung, wenn ich nun drei- bis viermal am Tage zwischen Schuppen und Haus hin- und hergehen muss, um für meine Wärme zu sorgen. Trotz seines niedrigeren Heizwertes ist mir Holz noch weitaus lieber geworden als Kohle. Schon wenn ich die dicken Scheite in den Arm nehme, um sie hinüberzutragen, strahlen sie eine zustimmende Wärme aus. Wenn sie dann brennen und ihren neuen Zustand knisternd durch die Kacheln senden, schwingen in diesen Wärmewellen deutliche Signale einer sprachlosen Verständigung. Der elementare Unterschied zwischen verheizen und mit etwas heizen ist mir nun klar. Ich heize mit dem Holz, und das Holz heizt für mich. Indem ich seine freundliche Leistung dankbar registriere, vermittelt mir seine Wärme das Gefühl eines ganz unbekannten Wohlbehagens. Manchmal tut es mir nur leid, dass ich die Bäume nicht gekannt, nicht gesehen, nicht selbst geschlagen habe, die diese Verwandlung von grünsaftiger in rot glühende Lebenskraft durchmachen, um Leben zu geben. Häufig sitze ich mit dem Rücken an den Ofen gelehnt und lausche dem Singen der Scheite. An manchen Tagen füllt es mich vollständig aus, nichts anderes zu tun, als mit Holz zu heizen, und dieser Vorgang nimmt mich sehr in Anspruch. Bevor ich ein Stück durch die Luke werfe, nehme ich es in die Hand, ertaste es, betrachte es mit allergrößtem Interesse. Dass keins wie ein anderes aussieht, ist eine Banalität, die so lange banal bleibt, wie man nicht hinschaut. Denn die Vielfalt, gerade des Wurzelholzes, ist mehr als erstaunlich. Ich versuche, sein Alter zu schätzen, mir die Größe der Bäume zu rekonstruieren, ihr doppeltes Leben in Erde und Luft, ihr gleichzeitiges Empor- und Hinabwachsen. Ab und zu kaue ich kleine Borkenstücke, vorzüglich solche, die bereits Moos angesetzt haben.

Ein Wurzelstück, dem ich anfangs weniger Aufmerksamkeit geschenkt hatte, war zu sperrig, um durch die Ofenluke zu passen. Ich legte es vor meine Füße auf den Fußboden und betrachtete es in der eindringenden Dämmerung. Seine zwillenförmige Form erinnerte entfernt an einen breitbeinig dastehenden Menschen, zumal das obere Ende sich verdickte und einem Kopf ähnelte. Die Oberfläche war flaumig, zerfaserte in mehrere Fäden, bartartig. Für einen Moment glaubte ich, eine Alraunenwurzel vor mir zu haben, aber dafür war sie zu groß. Je intensiver ich sie betrachtete, desto unklarer wurde ihre Erscheinung, aber wenn ich meine Augen leicht zusammenkniff, schien sie zurückzublicken. Schließlich kam ich auf die Idee, meine Brille abzusetzen. Augenblicklich sah ich in einen halbblinden Spiegel, sah mich vor mir selbst liegen mit gespreizten Beinen, sah mich jedoch auch über mich gebeugt sitzen. Diese Wahrnehmung dauerte vielleicht nur den Bruchteil einer Sekunde, hatte aber eine innere Dauer, die einer anderen Zeitrechnung angehörte. Ich wollte dies Wurzelstück nicht verbrennen, nahm es in die Hand, ging mit ihm hinaus, suchte im Wald nach einer passenden Stelle, die ich unter einer zweistämmigen Birke zu finden glaubte. Ich legte es dort ins Moos.

Als ich einige Tage später an der Stelle vorbeikam, fiel mir auf, dass es ein Polster aus Weißmoos ist, das in Kranzbindereien und auf Friedhöfen gern als Schmuck verwandt wird.

*

Klare Kälte herrscht schneelos, trocken und ruhig. Um die Mittagszeit entwickelt die Sonne eine erstaunliche Kraft. Ich habe es mir zur Angewohnheit gemacht, zwiebelartig in mehrere Lagen Decken gehüllt, meine Mittagsruhe in einem Liegestuhl auf dem Balkon zu verbringen. Er ist nach Süden hin offen, an den Seiten aber geschlossen und überdacht. Auf der Glaswand der Ostseite finden sich morgens Eisblumen. Dies erstaunliche Phänomen deutet darauf hin, dass die Rede von der unbelebten Materie bloßer Unsinn ist, denn selbst die Starre des Eises ahmt vegetative Formen nach. Im Mittag, wenn die lebendigen Ornamente in sich zusammenfallen in den Humus des Schmelzwassers, entwickelt sich hier ein angenehmer Wärmestau, dessen Empfindung umso behaglicher ist, als ich die Kälte spüren, sehen kann, die dies Wintertreibhaus einschließt.

Anfangs habe ich diese Stunden, in denen ich mich fühle wie eine hitzepulsierende Zelle inmitten polarer Lebensfeindlichkeit, wie das Leben schlechthin in einem ewigen Eis, mit der Lektüre von T. F. Thiselton-Dyers »The Folklore of Plants« zugebracht. Aber auch dieses Werk, dass doch immerhin von einer seltenen Sensibilität gegenüber dem Undefinierbaren gekennzeichnet ist, zeigt schmerzlich, um wie viel härter die Enttäuschung uns überfällt, je mehr wir den Geist anstrengen, den Intellekt spannen, die Informationen vermehren und die Methoden verfeinern, um ihnen das Wunderbare abzuzwingen. Gestern, als ich einmal wieder das Buch aus der Hand legte, um meine ausgegangene Pfeife neu zu entzünden, inhalierte ich, gegen meine Gewohnheit und ungewollt, einmal sehr tief von dem Tabaksrauch, was in meinem Kopf sofort einen kreisenden Schwindel erzeugte. Ich stieß den Rauch, der sich mit meinem gefrierenden Atem verband und sich zu einer stattlichen Wolke entwickelte, heftig und weit aus, lehnte mich wieder zurück und folgte den Figuren des weißen, schwebenden Gebildes in der unbewegten Luft. Es trieb auf die Gruppe von drei Fichten zu, die etwa so alt sind wie ich. Mein Vater hatte sie, unter Mithilfe von Franz und mir, selber gepflanzt. Es schien mir, als zögen die Fichten ihrerseits den mit meinem Atem durchsetzten Rauch zu sich her. Er umspielte in ständig wechselnden Bewegungen und Formationen, auf eine ganz und gar tänzerische Art, die Äste und Zweige der kleinen Gruppe, zog, sich hebend und senkend, gemächlich durch sie hindurch. Im Rhythmus der Figuren, die sich dort bildeten, berührte mich plötzlich wie ein Flügelschlag eine Anschauung, die die Grenzen meines Forschungsfeldes, ja, überhaupt die Grenzen meines Vorstellungsvermögens, weit überschritt. Diese Anschauung zu beschreiben ist mir als musikalischem Dilettanten unmöglich, offenbarten sich doch in diesem Moment Bereiche, zu denen sonst, wenn überhaupt, nur die Musik vordringt: die schwerelosen Niemands- oder, besser gesagt, Alles-Länder zwischen unmittelbarer, sinnlicher Anschauung und geistiger, reflektierter Wirklichkeit. Zwischen diesen Polen changierte lockend, fast kupplerisch, jenes Rauchgebilde, und wenn ich schon die Unmittelbarkeit meiner Erfahrung dieser Baumgruppe und ihres Zwiegesprächs mit dem weißen Hauch schreibend nicht wiederherstellen kann, will ich zumindest versuchen, die Dimension des Wissens zu erinnern, die während dieser wenigen Sekunden in mir Revue passierte. Vielleicht bringt das Niederschreiben ein Echo der Unmittelbarkeit zurück.

Die Lektüre von Thiselton-Dyer mag dazu beigetragen haben, dass mir in einer unendlichen Gleichzeitigkeit alles vor meinem geistigen Auge stand, was ich, von meiner Kindheit bis zu diesem Augenblick, lesend über Pflanzenmythologie und Pflanzenkulte in mich eingesogen hatte. Das notgedrungene Nacheinander meines Berichts wird dem gedrängten Neben- und Ineinander meiner Erinnerungsvision in keiner Weise gerecht. Mag man mir das nachsehen. Ein Dichter bin ich nicht. Doch lange bevor ein Dichter wie Ovid von Philemon und Baucis sprach, fanden sich in der Geschichte und in den Vorstellungswelten aller Völker, aller Kulturen, Mythen, Sagen, Erinnerungen an Pflanzenmetamorphosen. Narzissus ist die bekannteste, faszinierendste. Phoroneus war der Sohn einer Baumnymphe, und Attis entsprang einer Mandel. Myrrha wurde in Myrrhe verwandelt. Auch Jupiter war vormals Baum, und die ägyptische Göttin Hathor soll einem mächtigen Stamm entstiegen sein. Hesiod glaubte, der Mensch habe sich aus dem Samen der Esche entwickelt, Homer nennt die Eiche. In Indien gilt der Feigenbaum als Wiege des Menschen. Nach der nordischen Sage stammt die gesamte Menschheit von der

Esche und der Ulme ab. Unser Wort Esche kommt ja vom nordischen Aska, was Mensch heißt. Yggdrasill, die Weltesche, war Odin heilig, denn ihre Wurzeln reichten ins Universum. Und Yggdrasill verwurzelt sich mit dem Baum des Lebens der Genesis, aus dessen Wurzeln wiederum der Lebensbaum der Kabbala sprießt, der Lebensbaum, der Granatäpfel trägt, in denen man den Davidstern eingebettet liegen sieht, wenn man die Früchte aufschneidet. Und der Christengott starb am gekreuzten Holz der Bäume. Und auf Borneo verehren die Dajaks den Geist des Reises. Und die Polynesier beten zur Seele des Blumenduftes. Und die Singhalesen sagen, die Kokospalme vergehe vor Kummer, wenn sie keine menschliche Stimme höre. Die Miami-Indianer kennen den Geist des Maises. Und die Irokesen fürchten den Geist des Kürbisses. In der Walachei weiß man um die Seele der Wasserrose. Und manche Siamesen opfern den Bäumen Kuchen und Reis, bevor sie sie schlagen. Und Artemis wohnte in einer Zeder und im Haselnussstrauch und in Weiden. Und Athene im Olivenbaum. Im persischen Pantheon ist die Zypresse Symbol des Höchsten. Und Buddha reinkarnierte dreiundvierzigmal als Baumgeist, bevor ihm als Mensch die Erleuchtung kam, unter dem Feigenbaum. Von der Macht der Eichen wussten nicht nur die keltischen Druiden. Homer nennt sie die Garantin der Sicherheit. Aus ihrem Rauschen wurde im Orakel von Dodona geweissagt. Unser Wort Kirche stammt von quercus, also Eiche, her. Aus ihren Wurzeln stammt die Orakelkraft der Bäume, denn sie halten die

Verbindung zur Unterwelt. Das Alte Testament kennt zahlreiche sprechende Bäume, die Zaubereiche bei Sichem, die Maulbeerbäume Davids, den brennenden Dornbusch des Moses. Und die heilige Platane des Zarathustra im Kaukasus und die heilige Palme der vorislamischen Araber in Nejran und die Kraft des Lorbeer, den die Seher aßen oder rauchten, und der Feigenbaum, an dessen Stelle Rom erbaut wurde, und der Lotus, den Ägyptern, Indern, Tibetern, Chinesen heilig als Sitz des Höchsten, und die Lilien der Hera und die Rosen aus den Hainen der Diana und die rote Anemone des Adonis' Tod, und all das stammt und wurzelt und webt um diese drei Fichten, die etwa so alt sind wie mein eigenes Leben. Und als der Rauch sich im Nichts aufgelöst hatte, starrte ich immerzu in diese Fichten. Und alles, was ich in diesen Augenblicken über das Geheimnis der Bäume, der Pflanzen gewusst hatte, fühlte und erfuhr ich, aber nicht in dieser armen Aufzählung des und und und, sondern alles war ineinander verschränkt, miteinander verzweigt und verästelt, gleichzeitig und endlos, heiter und leicht. Aber es ging mit dem Rauch. Nur die Fichten blieben, und ich versuchte mich zu erinnern an den Zauber der kindlichen Weihnachten. Aber es fiel mir nicht ein. Es wollte nicht in meinen Kopf. Ich suchte, und es fiel mir nicht zu.

Heute, da ich versuche, die Erinnerung an diesen Vorgang aufs Papier zu bringen, fällt mir auf, dass ausgerechnet das Moos meines Wissens nach nie etwas anderes war, nie für etwas anderes gehalten wurde, als was es immer war und ist und sein wird: Moos. Vielleicht haben es die Moose ihrer scheinbaren Unscheinbarkeit, die ich zu durchschauen beginne, zu verdanken, ihrem kleinen Wuchs, dem verborgenen Platz, den sie sich in der Vegetation suchen, dass sie weder die Neugier von Sammlern noch die von Botanikern erregt haben. Sie sind als Pflanze geheimnislos. Und auch das mythologische, magische Denken, das doch fast jede andere Pflanze mit seinen zauberischen oder symbolischen Bedeutungen belegte, vergaß die Moose. Sie haben keinen Nährwert und keine toxische Wirkung. Nur manchmal, glaube ich, haben sie poetische Bedeutungen angenommen. Ihr einziger Nutzen ist ja auch ihre Nutzlosigkeit, obwohl sie eigentlich keine Zierpflanzen sind. Sie sind wohl so schön, weil sie *nur* schön sind. Und doch muss ein Mehr sein im Moos. Etwas, das mich anzieht, hineinzieht. Etwas, das das Moos treibt, mir entgegenzukommen. Aber was? Ich weiß, ich wusste es einmal. Aber wann?

*

Mit milder Kälte ist schneereich ein neues Jahr gekommen. Gestern sind Franz, sein Sohn, mein Neffe Peter, dessen Frau Marianne und deren beider fünfjährige Tochter Claudia wieder abgereist. Sie haben mich während der Woche von Weihnachten bis Neujahr hier besucht, um mit dem Kind Weihnachten in der Natur zu feiern, wie Peter und Marianne sagten, aber wohl auch, wie Franz mit etwas misslungener Ironie anmerkte, um zu kontrollieren, ob der alte Emerit als Eremit zurechtkomme. Ich kann nicht sagen, dass ich mich belästigt fühlte, und habe die Tage mit der Familie auch genossen. Aber nun, da ich wieder allein bin, fühle ich mich befreit. Obwohl ich zeit meines Lebens ein geselliger, gesprächs- und diskussionsfreudiger Mensch gewesen bin, hat die plötzliche Anwesenheit von fünf Personen, das Aufklingen von fünf verschiedenen Stimmen einige Male eine gewisse verstörende Anspannung in mir wachgerufen, als wäre es mir dadurch erschwert worden, auf etwas zu blicken, auf etwas zu lauschen. Andererseits war es sehr angenehm, dass mir die Haushaltsführung einmal abgenommen wurde. Als alter Junggeselle bin ich an diese täglichen Arbeiten gewöhnt, aber in den vergangenen Wochen fiel mir vieles physisch doch immer schwerer. Nur die Sorge um den Kachelofen ließ ich mir nicht aus der Hand nehmen, wobei ich die kleine Claudia zu meiner Assistentin ernannte und sie zu ihrer großen Begeisterung in die Geheimnisse des Ofenfeuers einweihte. Mit dem Holz ging sie äußerst sensibel um, ohne dass ich sie darauf aufmerksam machen musste. Marianne und

Franz, der ein altgedienter Hobby-Koch ist, übernahmen die Küche. Es wurde mengenweise Fleisch aufgetischt. Ich unterließ aber jede Diskussion darüber, nicht nur, um die Atmosphäre nicht zu stören, sondern zu meiner eigenen Überraschung auch deshalb, weil mir das Fleisch wieder schmeckte und gut bekam. Seit Jahren hatte ich es fast vollständig von meiner Speisekarte abgesetzt und hier in Mollberg völlig darauf verzichtet. Ich habe nie darüber nachgedacht, warum das so war. Mein Bedürfnis nach Fleisch scheint einfach erloschen zu sein. Ethische Gründe hatte ich keine; im Moment, da ich dies notiere, kommt mir übrigens auch der Gedanke, dass ein ethischer Vegetarismus wohl nur aus Unkenntnis der Natur entstehen kann, denn wer seine Zähne nicht ins Fleisch der Tiere schlagen will, der schlägt seine Zähne in andere, ebenso lebendige Organismen.

Der Weihnachtsabend war eine liebevolle Inszenierung für das Kind. Vom Tisch aus konnten wir in die Fichtengruppe sehen. Den mittleren, größten der drei Bäume hatte ich geputzt, und er schien durchaus seine Freude daran zu haben, wenn ich die Tatsache, dass er mir seine Zweige geradezu entgegenreckte, so interpretieren darf. Claudia war sichtlich angetan, dass Weihnachtsbäume tatsächlich im Wald wachsen und demnach zu Neujahr nicht auf den Müll geworfen werden müssen. Prompt wollte das Kind wissen, warum ausgerechnet der Baum, und sie deutete auf die geschmückte Fichte, und nicht ein anderer, und sie zeigte auf eine kahle Eiche, der Weihnachtsbaum sei.

– Weil er auch im Winter grün ist, sagte Peter, was natürlich Claudias zweite Frage provozierte, warum er auch im Winter grün sei.

– Na, sagte Franz, da musst du Onkel Lukas fragen. Der weiß das ganz genau.

Und ich begann tatsächlich dem Kind gegenüber zu dozieren, redete törichtes Zeug. Obwohl ich mich bemühte, Fachbegriffe nach Möglichkeit auszuschalten, merkte ich, wie nach und nach in Claudia jedes Interesse erlosch, wie eine große Enttäuschung über ihr Gesicht zog, als ich davon sprach, dass das Chlorophyll das Sonnenlicht wie eine transparente Scheibe, die grün gefärbt ist, spaltet, Rot und Blau absorbiert, das Grün aber passieren lässt; wie die derart absorbierte Sonnenenergie nicht in Wärme verwandelt wird, sondern eine simple chemische Reaktion bewirkt, indem sie Wasser, aufgelöste mineralische Salze und Kohlendioxyd aus der Luft vereinigt und daraus eine lebende Materie formt sowie den Zucker, der den Zellen ermöglicht, feste Membranen zu bilden und Nahrungsreserven anzulegen. Wie aber die Gemeine Fichte oder ›Picea abies‹ mir wortwörtlich als Terminus von den Lippen kam, brach ich in großem Unbehagen ab. Das Kind sah mich immer noch an, aber die unbezähmbare Neugier in seinen Augen war einer Ungläubigkeit gewichen, die fast zornig schien.

– Nein, sagte Claudia entschlossen in mein Schweigen. Nein, Onkel Lukas. Du lügst.

– Aber Claudia. So was sagt man doch nicht.

Marianne sah mich entschuldigend an.

– Claudia hat ja recht, murmelte ich. Es ist vielleicht wirklich alles ganz anderes, auch ganz anders.

Wie Hilfe suchend starrte ich etwas abwesend in die Fichtengruppe, die mir schon einmal gezeigt hatte, wie alles auch ganz anders ist. Der Weihnachtsbaum in der Mitte schien sich im Wind mir zuzuneigen, schien wieder Erinnerungen aufschließen zu wollen, Zeichen zu geben, die ich verstehen, die ich dem Baum und seinen Bewegungen ablesen konnte, die ich dem Kind nur noch vorzulesen brauchte.

– Es ist nämlich auch so.

Und ich las die Geschichte von Attis, dem Sohn des phrygischen Adonis Nana, den ein phrygischer König aus Eifersucht entmannt hatte (ich sagte, eine Wunde zugefügt hatte) und der sterbend unter einer Fichte lag, als ihn Kybele, die Göttermutter, dort fand. Sie verhinderte seinen Tod, indem sie ihn in den Baum verwandelte, und handelte Zeus das Versprechen ab, den Baum ewig grünen zu lassen. Aus Attis' Blut sollen Veilchen gewachsen sein, und beim Frühlingsfest der Kybele wurde eine Tanne oder Fichte gefällt, in Tücher gehüllt, mit Veilchen geschmückt und ins phrygische Heiligtum getragen. Am dritten Tag (aber ich las das still für mich, weil ich glaubte, Claudia könne das verstören), dem Tag des Blutes, fügten sich die Priester, durchweg Eunuchen, Wunden zu. Es kam vor, dass die Ekstase während des Kultes sich so steigerte, dass Männer sich selbst kastrierten.

– Aber ja doch. Franz lachte. Unser großes Mythen- und Sagenbuch. Jetzt fällt's mir auch wieder ein. Das haben wir einmal von Vater zu Weihnachten bekommen. Dass du dich daran erinnerst. Ist ja toll. Ich dachte, du denkst nur noch an deine Terminologie.

– Das tu ich auch, mein Lieber.

Claudia war nun sehr zufrieden. Wir tauschten dann unsere Geschenke aus, Kleinigkeiten, und das Beziehungsgeflecht der letzten Monate ließ mich auch hier nicht im Stich, denn ich bekam ein Fotobuch mit dem Titel »Baumveteranen in Mitteleuropa«. Claudia wollte wissen, warum man nur zu Weihnachten Geschenke bekommt, aber bevor Marianne und Peter mit mildem pädagogischem Tadel heraus waren, hatten die Fichten mich wieder.

– Darüber gibt es eine andere alte Geschichte. Im Harz waren einmal einige junge Mädchen um eine Fichte herumgetanzt, in der sich ein Kobold versteckt hatte. Sie wollten ihm mit ihrem Tanz den Weg abschneiden und verlangten für seine Freigabe von ihm Geschenke.

– Woher weißt du das alles?, wollte Claudia wissen. Auch Franz war erstaunt, dass ich noch all diese Geschichten kannte.

– Die, sagte ich zufrieden, hat mir der Weihnachtsbaum erzählt.

Claudia staunte. Wir lachten.

– Du bist ja ein richtiger Märchenonkel, wunderte sich Peter. Hätte ich dir altem Mann der Wissenschaft gar nicht zugetraut.

– Je älter man wird, desto besser kann man sich erinnern.

– Na, na, machte Franz. Ich weiß nicht.

*

Während Claudia mit ihren Eltern auf dem zugefrorenen See die Schlittschuhe ausprobierte, die sie zu Weihnachten bekommen hatte, gingen Franz und ich noch einmal unseren alten Weg über Henntings Weiden in Richtung Spohle. Noch war kein Schnee gefallen, aber er lag in der Luft. Eine fahle Sonne stand unbeweglich träge über den reiferstarrten Weiten, auf denen nun, im frühen Nachmittag, noch immer oder schon wieder vereinzelte Nebel lagen. Franz, der mit dem Ende dieses Sommersemesters ebenfalls emeritiert war, hielt nicht damit zurück, wie sehr ihn die letzten Jahre an der Universität verunsichert hätten. Ende der sechziger Jahre habe er sich, wenn auch nicht ohne innere Widerstände, Aspekte einer Neudefinition von Psychologie angeeignet, habe begonnen einzusehen, dass auch diese Wissenschaft in gesellschaftliche Zusammenhänge und Interessen eingebettet sei, habe nicht nur nach den Inhalten, sondern zunehmend auch nach der politischen Funktion gefragt. Und nun, kaum ein Dutzend Jahre danach, bräche an den Universitäten ein neuer Irrationalismus aus, ein Irrationalismus, der romantisch sei und grün eingefärbt und natürlich auch die Psychologie nicht verschone. Beispielsweise hielte man allen Ernstes Nietzsche für einen bedeutenden Psychologen, verleugne jedoch seinen Einfluss auf die politische Geschichte, die doch grade unsere Familie so bitter habe zu spüren bekommen.

– In einem meiner letzten Seminare mit Studenten, die ich zum Teil hoch schätzte, und Franz sagte das wie fassungslos, kopfschüttelnd, es ging um Theorien des Gedächtnisses, wurde tatsächlich behauptet, man könne sich die Funktionen und Strukturen des Erinnerns, seine Mechanismen, viel besser klarmachen durch die Lektüre gewisser Romane als durch psychologische oder psychoanalytische Theorie. Stell dir das vor, Lukas. Stell dir vor, in der Botanik steht einer auf und sagt, man könne über die Flora meinetwegen des Ammerlands bessere Beobachtungen und Aufschlüsse gewinnen, wenn man statt eines Mikroskops irgendein verschwärmtes Naturgedicht über die Veilchen im Frühjahr oder was weiß ich heranzieht. Nichts gegen die Literatur. Aber alles zu seiner Zeit. Alles an seinem Platz.

– Das hätte Vater sagen können, sagte ich, um Franz auszuweichen. Mit traumwandlerischer Sicherheit hatte er eine Saite angerissen, die in mir seit Monaten in immer stärkere Schwingungen geraten war. Ahnte er etwas von meinen Zuständen? Wollte er mich provozieren?

– Na ja, Franz schob das Thema von sich aus beiseite, mir ist das jetzt egal. Ich hab das hinter mir. Und du? Kommst du voran mit deiner Kritik?

Siehst du die Birkengruppe dort drüben? Ich deutete nach vorn.

– Ja, natürlich. Wieso?

– Sie ist sehr schön. Kann man mehr sagen? Ich habe aufgehört, mich zu fragen, warum sie da ist, warum überhaupt etwas da ist. Die Antwort ist doch immer nur Weil. Und diese Fragerei lenkt mich ab.

Franz sah mich misstrauisch von der Seite an.

– Lenkt dich ab? Von was?

– Man kann das nicht sagen, sagte ich.

Franz legte mir leicht seine Hand auf die Schulter. Er war wirklich besorgt um mich. Wir hatten sonst immer vermieden, uns gegenseitig zu berühren.

– Lukas, alter Junge, fühlst du dich wirklich wohl? Kommst du zurecht hier, so ganz allein? Du bist nicht mehr der Jüngste. Komm mit uns zurück. Du musst mal wieder unter Menschen.

– Du brauchst dir keine Sorgen zu machen. Mir geht es ganz ausgezeichnet. Nur manchmal bin ich entsetzlich müde. Aber unter mehr Menschen wäre ich das vielleicht noch öfter. Ich kann hier auch gut arbeiten. Meine Kritik der Terminologie wächst und gedeiht, auch wenn sie Blüten ansetzt, mit denen ich nicht rechnen konnte. Sie wuchert geradezu, wenn du so willst.

Franz versuchte, dem Gespräch eine ironische Wendung zu geben.

– Ist das der Grund, dass du dir diesen Bart stehen lässt?

– Genau. Mein Bart, das ist das Moos des Alters. Du solltest dir auch einen wachsen lassen. Er wärmt.

Ich lachte in mich hinein. Franz sah mich wieder an, besorgt, verunsichert, schwieg aber. Wir marschierten wortlos über das hart gefrorene Gras, bis Spohle vor uns aus dem dichter werdenden Nebel tauchte.

– Lass uns umkehren, schlug Franz vor. Es wird dunkel.

– Wie wär's mit 'nem Lütt un Lütt im Spohler Krug?

– Das hätte Vater sagen können.

Wir lachten.

– Kühlt im Sommer, wärmt im Winter, sagte der Wirt, als er uns Korn und Bier vorsetzte.

– Ist aber feucht. Und Feuchtigkeit, Jungs, Feuchtigkeit kriecht!

Ich zitierte Vater. Franz verschluckte sich fast vor Lachen.

– Na, dann Prost!

Wir tranken und sahen aneinander vorbei.

– Und was, wollte Franz plötzlich wissen, machst du, wenn du nicht an deinem Manuskript sitzt?

– Ich träume.

– So, so. Und was?

– Schwer zu sagen.

– Na los doch. Erzähl mal. Ist schließlich meine Domäne.

– Ich will meine Träume nicht interpretiert haben. Für mich fließen Träume und Wachsein immer stärker ineinander. Ich weiß nicht mehr, wo die Träume beginnen, wo sie enden. Ich will es auch gar nicht wissen.

– Lukas, geht's dir wirklich gut?

– Es ist mir noch nie besser gegangen. Aber wenn es dich beruhigt, will ich dir gern einen Traum erzählen. Er ist von gestern, oder von vorgestern, oder schon älter. Vielleicht träume ich ihn erst morgen. Was macht das? Das ist gleichgültig. Gleich gültig. Also, das ist so. Ich stehe da am Rand eines riesigen Maisfeldes, das von einer endlos weiten Steppenlandschaft begrenzt wird. Im

Maisfeld raschelt es. Ich erschrecke, sehe einen Mann aus dem Feld treten, hinaus in die Steppe. Ich kenne ihn, auch seinen Namen. Ich rufe ihn an. Er reagiert aber nicht, hat ganz starre, abgehackte Bewegungen. Ich gehe auf ihn zu, rüttele ihn am Arm, sehe in seine weit aufgerissenen Augen. Sie sind wie hypnotisiert, wie unter schwerer Schockeinwirkung. Ich rufe wieder seinen Namen. Er reagiert nicht. Geht stur vorwärts wie ein Roboter. Trägt einen Rucksack. Hat etwas Soldatenhaftes an sich. Mir kommt eine Idee: Ich kommandiere, wie man Soldaten beim Exerzieren kommandiert. Vorwärts! Stillgestanden! Hinlegen! Auf! Er macht alles gehorsam mit, aber immer noch in Trance, immer noch diese automatischen abrupten Bewegungen. Plötzlich erwacht er, deutet mit der Hand in die Steppe, panisch erschrocken. Ich blicke in die Richtung, aus der drei Panzer auf uns zugefahren kommen. Hinlegen! Deckung! Ruhe!, rufe ich. Dann bemerken sie uns nicht. Aber er hat schon eine Handgranate gezogen, wirft sie vor die Panzer, wodurch diese auf uns aufmerksam werden, auf uns zudrehen, auf uns zielen. Nun werfe auch ich eine Handgranate, die an meinem Gürtel hängt, und während beide kurz hintereinander explodieren, laufen wir um unser Leben, dem Maisfeld zu. Die Panzer eröffnen das Feuer, aber wir erreichen unverletzt das schützende Grün des Feldes. Indem wir hineinstürzen, sind wir nur noch eine Person. Der Fremde ist in mich eingegangen. Und ich haste atemlos durch das grüne Gewoge, das an einigen Stellen schon schwelt, schon brennt, suche

Schutz und Sicherheit. Und wie ich das Grün durchjage, aus dem überall Flammen schlagen, kann ich plötzlich fliegen. Ich schwebe über dem Maismeer und merke, wie ich eine Hymne über die Schönheit der Felder singe. Indem ich nach einer Mücke schlage, die meinen Kopf umsurrt, bin ich erwacht.

Franz bestellte eine zweite Lage, wir tranken uns zu. Er schwieg einige Minuten, nickte vor sich hin, als verstünde er, und begann dann, wie zu sich selbst, zu assoziieren.

– Steppe: Öde, Leere, Tod. Maisfeld, Grün: Leben. Roboter, Soldat: das Disziplinierte, Wissenschaft. Panzer: Bedrohung …

– Franz, ich will keine Interpretationen, keine Analyse.

– Das ist keine Analyse. Wenn du nicht der wärst, den ich kenne, würde ich sagen, dass du dich in deiner strengen Diszipliniertheit immer weiter vom Leben, vom Grün, entfernt hast, einer Leere zumarschierst, nicht auf dich selber hörst, die Gefahr sogar selber heraufbeschwörst. Aber noch kannst du zurück, obwohl es schon brandeilig ist. Und du erkennst das, fängst an zu leben. Aber was sollte dir Angst machen? Und grade du als Botaniker warst dein ganzes Leben lang doch dichter am Grün als wir alle. Vielleicht …

– Franz! Lass mal gut sein. Lass es einfach sein. So, wie es ist.

Er schwieg, aber ich merkte, wie eine Unbehaglichkeit in ihm wuchs. Er sorgte sich um mich. Ich mochte ihn immer gern, und in diesem Moment vielleicht lieber denn je – und doch wünschte ich, er möchte mich alleinlassen.

– Aber du trinkst doch noch einen mit deinem kleinen Bruder, oder nicht?

Wir lachten, tranken aus, machten uns auf den Heimweg. Arm in Arm, zurück über die Landstraße, denn in den dunklen Feldern hätten wir uns verstolpert. Das Klopfen unserer Füße auf der gefrorenen Straße, auf den erstarrten Ziegeln. Im gleichen Takt er und ich. Im gleichen Schweigen.

*

Sie sind wieder abgereist. Ich bleibe. Es war ein Aufenthalt auf freier Strecke. Jemand hat meine Fahrkarte kontrolliert. Aber er konnte den Zielort nicht entziffern. Meine Reise geht weiter. Es ist ein langsames Fallen. Manchmal ist es ein Steigen.

*

Solche Himmel müssen blau sein. Weiße Schäfchenwolken stehen darin. Ganz oben, im äußersten Westen, laufen behäbig fünf strahlende Finger aus der dottergelben Sonne. Sieht man lange genug in sie hinein, beginnt ihr breites Lächeln. Auf dem Kopf stehend könnte man ihren Kummer, allabendlich sterben zu müssen, erkennen. Es ist angenehm, dass man in meinem Alter nicht mehr das Bedürfnis verspürt, auf Kopf oder Händen gehen zu können. So bleibt die ewig lächelnde Freundlichkeit die ganze, die einzige Wahrheit. Weit hinten, auf der anderen, östlichen Seite, sind Gipfel und steile Bergflächen in einem grauen Schnee sichtbar. Es beschämt mich fast, dass ich sie bisher nie wahrgenommen habe. Möglich, dass ich in Claudias Alter auch von diesem Gebirge wusste und es sah, aber ich habe die Fähigkeit verloren, mich so über die Erde zu legen, das Alles in mich zu fassen. Doch häufen sich in letzter Zeit Augenblicke, in denen ich die Füße ins Moos lege oder mit halb geschlossenen Augen in die Sonne schaue, und dann zieht es weit von mir, die Erde unter mir weicht, wird klein, wieder ein Stern. In diesem Winterhimmel, der die Farben des Sommers trägt, fehlen die Sterne. Wäre es Nacht, hätten die Sterne vielleicht sechs Zacken, stünde der Mond als Sichel in eben dem Gelb, das die Sonne bekam. Aber so, wie es ist, reichen die fünf breiten Strahlen, die das sichtbare Viertel der Sonne entlässt, um alles in einem nie gesehenen Licht betrachten zu können. Das Haus steht genau in der Mitte, beansprucht aber nur einen sehr kleinen Teil des Ganzen. Dach und Umgebung zeigen ein so selbstbewusst ungebrochenes Rot, dass man ihnen die fortschreitende Vermoosung nicht ansieht. Auch die Holzwände sind von jenem kräftigen Braun, das sie hatten, als man sie baute; von Verwitterung keine Spur. Die Tür ist einfach ein riesiges schwarzes Loch, und die Fenster sind blau wie der Himmel. Der Balkon im Dachgeschoss, mein Wintertreibhaus, meine Wärmezelle, hat wirklicher als wirklich die volle ungetrübte Sonnenfarbe eingefangen. Mächtig quillt ein grauer Rauchstrom aus dem Schornstein, wird feiner, wie er in die Bläue zieht, und ist, wenn er die fernen Berge erreicht, nur noch eine dünne, gekräuselte Linie, ein Bleistiftstrich am Horizont. Was nicht der Himmel braucht, was nicht das Haus bekam, wogt in einer wahren Orgie aus Grün und Braun über und durch den größten Teil der Fläche. Aus der scheinbaren Flüchtigkeit, mit der die starren Senkrechten der entlaubten Bäume in den Himmel ragen, mit der die breit ausgreifenden Arme der Immergrüne das leere Weiß erfüllen, springt mich eine unschuldige Detailkenntnis an, die nicht aus Wissen, sondern aus dem großen Staunen kommt. Dem Staunen darüber, dass überhaupt etwas ist. Und schön ist. Denn der froststarre Wald, durch dessen Stämme man zu dieser Jahreszeit so weit blicken kann, liegt vor mir nicht tot, sondern schlafend. In seinen Träumen herrscht ein aufgeregtes, berstenwollendes Leben, dessen Ausdruck in den Linien, Strichen, Flächen sich verfestigt hat, ohne erstorben zu sein. Am unteren Rand, der ganz und gar vom dunkelsten Grün beherrscht wird, liegt ausgestreckt ein Mensch. Sein langer Bart, in Farbe und Bewegung dem Holzrauch gleich, der dem Schornstein entströmt, dringt als Wurzel durch diesen grünen Grund aus dem Bild hinaus.

– Das bist du, Onkel Lukas, hatte Claudia gesagt, als sie mir ihr Buntstift-Bild zum Abschied geschenkt hatte.

– Und wo bin ich da?

– Im Moos. Alles Moos. Siehst du das nicht?

O doch, ich sehe. Ich sehe es immer deutlicher. Das Bild hängt über dem Schreibtisch, direkt neben dem Fenster. Wenn ich abwechselnd das Bild betrachte und dann wieder aus dem Fenster sehe, kommt es mir vor, als sei das Bild das eigentliche Fenster. Ein Ausblick in die Wirklichkeit, ein Einblick in die Natur, gegen dessen kraftvolle Weite, die zugleich eine äußerst intime Nähe ist, die Glasscheibe zwischen mir und dem Wald wie ein trüber Filter wirkt. Die Wahrheit dieses Kinderbildes ist seine Gedächtnislosigkeit. Aber die Naivität ist kompliziert, und die Gedächtnislosigkeit enthüllt ein ungeheures Erinnerungsvermögen. Claudias nachdenkliche, fast vornehme Art, auf mich zuzugehen, steckt darin. Ihre wundervolle Weise, mit Anmut hochmütig, mit Anmut unnachgiebig zu sein, unbestechlich, als ich ihr zu Weihnachten vom Chlorophyll redete. Das Kind weiß, was an und in der Natur ist. Es kann sie noch als Ganzes fassen, mit Bergen, die wir nicht mehr sehen. Es kann über den Tod, den Preis des Lebens, etwas sagen und zeigen, indem es mich im Moos malt.

Das Moos nämlich hat, evolutionistisch gesehen, keine Zukunft; man könnte sagen, dass es immer nur über seine Vergangenheit nachsinnt. Seine Gegenwart aber ist bloße bescheidene Schönheit. Als eigentlich regressive Pflanzen sind Moose entstanden aus einer aufs Wesentliche vereinfachten Form der längst verschwundenen primitiven Landpflanzen, vielleicht im Tertiär, vielleicht früher. Ihr sexuelles Verhalten indiziert diese Zusammenhänge ganz deutlich, spielt es sich doch ausschließlich im Medium des Wassers ab. So reflektiert das Moos uralte Tendenzen seiner Vorfahren. Aber wirkliche Regressionen sind der Evolution unbekannt; die Regression des Mooses ist eine simulierte, die sein Überleben gesichert hat.

Das Leben braucht ständig Rückgriffe, verweigert sich aber dem Rückschritt, auch wenn es ihn häufig simuliert. Sowenig die Regression des Mooses ein wirklicher Rückschritt ist, sowenig wird der Greis, der kindisch denkt, wieder zum Kind, sowenig der Wissenschaftler, über dessen Denken Bilder wachsen, zum Maler oder, wenn seine Begriffe von einer Art Poesie angegriffen werden, zum Dichter.

*

Wenn ich auf Henntings Hof bin, um einzukaufen und meine Post abzuholen, die der Landbriefträger dort deponiert, nachdem ich ihm gesagt habe, es lohne nicht, den Umweg zu mir zu fahren, zumal im Schnee, bleibe ich manchmal für eine halbe Stunde, oder länger, oder kürzer, in der großen Küche sitzen und rede mit dem alten Wilhelm Hennting, der noch ein Dutzend Jahre mehr umherblickt als ich. Seit sieben Jahren ist er, infolge eines Schlaganfalls, an den Rollstuhl gefesselt; infolge eines zweiten Schlags im vergangenen Frühjahr ist auch sein Geist, wie man sagt, verwirrt. Ab und zu überkommt ihn jedoch Klarheit. Er erkennt mich dann wieder, weiß meinen Namen und erinnert sich an Dinge und Ereignisse, die ein jüngerer Mensch schon längst vergessen hätte. Ich fühle mich ihm verwandt, wenn auch spiegelverkehrt. Denn seine Klarheiten zeigen das Denken, das mir unklar erscheint, und in seinen Abwesenheiten ist er vielleicht dichter bei den Dingen als ich in meinen Betrachtungen.

Übrigens verdankt meine Familie dem Alten viel. Während unseres fast fünfzehnjährigen Zwangsaufenthalts im Ausland hat er mit viel bäurischer List und Starrsinn dafür gesorgt, dass unser Mollberger Haus nicht enteignet wurde. Vater hatte es ihm, kurz vor unserer Ausreise, offiziell übereignet, was Wilhelm mit einem undefinierbaren Zwinkern quittiert hatte. Er hat uns nie Einzelheiten davon erzählt, wie es ihm gelungen war, die enteignungswütige Verwaltung davon zu überzeugen, dass das Haus tatsächlich sein Eigentum war.

Sein Einfluss in dieser Gegend, gewachsen aus der über vierhundertjährigen Tradition der Henntings auf ihrem Hof, war offenbar tiefer als politische Machtstrukturen. Auf jeden Fall übergab er uns 1947 mit größter Selbstverständlichkeit Schlüssel und Schenkungsurkunde, lehnte jede Form von Bezahlung ab. Von Politik sprach er nie, hatte aber aus seiner Verachtung der Nationalsozialisten keinen Hehl gemacht, wodurch er sich in der Nachbarschaft nicht nur Freunde schuf.

Umso mehr überraschte es mich, als er bei meinem letzten Besuch, der ihn im klaren Zustand fand, nicht wie sonst über alte Zeiten, gute und schlechte Ernten oder Saatgutqualitäten sprach; auch nicht, was eins seiner Lieblingsthemen ist, über den verderblichen Einfluss der Technik auf das Landleben wetterte, sondern mich unvermittelt fragte, was ich von jener politischen Bewegung hielte, die sich selbst als Grün bezeichnet. Er sähe ja viel fern, so und so, verstünde zwar manches nicht mehr, habe aber immerhin so viel mitbekommen, dass man heutzutage aus der größten Selbstverständlichkeit der Erde eine Partei machen könne. Ob man nun endlich begriffen habe, dass nicht die Politik, sondern die Natur die Sache der Menschen sei? Wie es aber überhaupt angehen könne, dass man mit der Natur Politik mache? Das sei der gröbste Unfug. Natürlich, wer die Natur vernichte, vernichte sich selbst. Aber wie könne man darüber in Parlamenten verhandeln? Die Anhänger dieser neuen Partei sollten lieber zur Ernte hier herauskommen und mit zupacken. Ein paar Arme mehr seien immer willkommen.

Diese jungen Leute wüssten doch gar nicht, wovon sie schwärmten. Wie könne man von Umwelt, sauberer Natur, reinem Essen und so weiter reden, wenn man das, worüber man rede, gar nicht kenne? Ob ich etwa glaube, dass auch nur ein einziger dieser grünen Jungen wisse, wie man eine Kuh richtig melke? Was Roggen vom Hafer, Hafer vom Weizen, Weizen von der Gerste, Sommer- vom Wintergetreide, Frühsaat von Spätsaat unterscheide? Ob einer von denen überhaupt noch wisse, was eine Eiche sei? Was eine Buche? Was eine Fichte? Für die seien Bäume Bäume, Getreide Getreide, und wenn sie je eine Nachtigall hören würden, wären sie wahrscheinlich der Meinung, die Amseln schlügen. Dass er nicht lache! Die säßen nun in Parlamenten, Landtagen, Gemeinden. Überall. Demonstrierten gegen Atomkraft. Das sei alles gut und schön, aber sie wüssten wohl nicht einmal, wie ein Holzofen beheizt werde. Als damals die Parteibonzen auf den Hof gekommen seien, um ihn zu werben, habe er gesagt, für Politik habe er keine Zeit. Er müsse schließlich dafür sorgen, dass die Politiker was zu kauen bekämen. Die einen redeten. Und die anderen täten was. Das sei immer so gewesen. Sein Sohn, der jetzt den Hof bewirtschaftet, käme auch langsam dahinter, dass die ganze Kunstdüngerei, die Chemie, ein einziger Schweinkram sei. Das mache die Böden kaputt. Und die Viecher auch. Das sei alles aus dem Gleichgewicht. Alles. Das käme auch nicht wieder.

Bevor ich auch nur ein einziges Wort hatte erwidern können, versiegte der Redestrom des Alten so plötzlich, wie er aus ihm hervorgebrochen war. Er starrte blicklos aus dem Fenster und hörte meinen Abschiedsgruß nicht mehr. Wo war er hin? Dass ich nicht hatte Stellung beziehen müssen, war mir ganz recht. Denn das Thema erinnerte mich an eine unerfreuliche Diskussion, die an einem der Weihnachtstage zwischen Peter, Franz und mir stattgefunden hatte. Peter erwies sich nämlich zu Franz' großem Ärger als Anhänger der ökologischen Bewegung, was nicht so recht mit seinen neomarxistischen Neigungen in Einklang zu bringen war. Franz hatte sich sehr engagiert darüber ausgelassen, dass diese pseudopolitische Bewegung die erneute Heraufkunft von Maschinenstürmerei, Irrationalismus, Schollenmentalität, ja Blut-und-Boden-Ideologie ankündige. Er hatte versucht, mich gegen Peter aus der Reserve zu locken, da er in mir als Botaniker einen kompetenten Verbündeten vermutete. Ich hielt mich aber sehr zurück, sei es, weil ich keinen Unfrieden um mich wollte, sei es, weil ich, ähnlich wie der alte Wilhelm, nicht begreifen kann oder will, dass unsere Umwelt schon so ruiniert ist, dass man mit einem Engagement für sie Wahlen gewinnt. Zum Gespräch steuerte ich nur einen einzigen Beitrag bei. Ich hatte nämlich gelesen, dass bei Moosen beobachtet worden ist, dass sie erstaunliche Fähigkeiten entwickeln, gewisse chemische Stoffe in beachtlichem Umfang aus der Umwelt in sich aufzunehmen, zu binden und zu neutralisieren. Radioaktive Abfälle, aus Atomkraftwerken stammend, hunderttausendfach konzentriert, sind beispielsweise in einem in Frankreich heimischen Moos, dem ›Cinclidotus danubicus‹, gefunden worden. Was das heiße, hatte sich Peter empört. Ob damit zu rechnen sei, dass dies Moos nun auch bald bei uns heimisch werden würde? Ich sagte, dass ich dies Phänomen nur erstaunt zur Kenntnis nehmen, es aber nicht interpretieren könne.

Auf meinem Rückweg von Henntings ging mir die Sache im Kopf herum. Vielleicht bedeutet es nichts anderes, als dass die Moose aus ihrem evolutionistischen Dauerschlaf erwacht sind und angesichts der Vernichtung der Erde, des Verschwindens der Menschen, einen verzweifelten Versuch beginnen, diese Vernichtung mit ihren schwachen Mitteln aufzuhalten. Zuzutrauen wäre dem Moos das.

Ich traue ihm noch mehr zu.

*

Kaum spürbar werden die Tage länger. Die Sonne steht höher. Meine mittäglichen Meditationen auf dem Balkon dehnen sich aus, zeitlich wie räumlich. Blickt man einige Momente mit geöffneten Augen in die Sonne, erscheinen auf der dunklen Netzhaut, sobald man die Augen wieder schließt, schlierenartige Muster und Formen. Das Bemerkenswerteste daran sind ihre Bewegungen, die gleichzeitig in alle vorstellbaren Richtungen auslaufen, ohne dass die Muster dabei ihre Konturen verlieren. Ein grüner Kreis wächst pulsierend aus einem gelben hervor, der seinerseits aus einem roten floss, bewegt sich von mir fort, dringt jedoch auch in mich ein, zieht nach oben ins Gehirn, steht aber zugleich am unteren Augenrand, bläht sich nach allen Seiten und bleibt doch als Ballon in der Mitte schweben, schrumpfend, wachsend, kreißend, sterbend. Indem ich meine Gedankenflucht diesen Bewegungen anzupassen versuche, die in der Statik dynamisch und in der Dynamik statisch sind, fügt sich das scheinbar Unvereinbare zusammen in einem flächigen Gebilde mit unendlicher Raumausdehnung. Der Körper, mein Körper, ahmt diese Bewegungen nach. Er wächst über sich hinaus, ohne außer sich selbst zu geraten. Ich sitze nicht nur auf dem Balkon, sondern fühle mich mitsamt dem Balkon, dem ganzen Haus, in mir selber sitzen. Die Wolken kann ich greifen. Diese bedingungs- und grenzenlose Mobilität ist nicht zielgerichtet, atmet aus sich selbst und schmilzt in jedem winzigen Bewegungspartikel die Bewegung als Ganzes ein. Ist so das Körpergefühl der Ungeborenen im Mutterleib?

Die Kindheit kommt und verzichtet auf die kontraktierenden Bewegungen der Konzentration, verliert sich im wahllosen Zerfließen nach allen Richtungen. Das Erwachsensein überwindet diesen Zustand, ersetzt die Lust an der Unendlichkeit durch konzentrierte Bescheidung aufs festzuhaltende Partikel, aus dem die Reife ihre Produktivität gewinnt. Man schwimmt nicht mehr richtungslos im großen Strom des Ganzen nach überallhin, sondern formt sich zum filternden Sieb, durch das der Strom presst, und versucht, die Teile der Wirklichkeit an sich hängen zu lassen, die zum Aufbau der Persönlichkeit notwendig sind. So ist das Erwachsenwerden dem Maul des Wales gleich, durch das die Planktonmassen gesiebt werden; es ist auch der Aufbau eines Riffs, an das sich immer neue Korallen der Erfahrung und des Wissens und der Erinnerung anschmiegen, um einem Menschen Gestalt zu geben. Im bewussten Zugehen auf den Tod, im Greiswerden und -werdenwollen, schließt sich der Kreis. Die Übersättigung mit konzentrierter Produktion, mit Begriffen und Informationen, entlässt ein neues Selbstbewusstsein. Das Selbstbewusstsein, wieder zerfließen zu können. Das Leben vollzieht in seinem Zirkelschlag eine ähnliche Scheinregression wie die Evolution mit den Moosen. Mein Zustand ähnelt immer mehr den Mustern in der Nacht der Netzhaut. Scheidungen werden unmöglich und sinnlos. Das Ich greift auf das Alles über. Das Alles beginnt das Ich zu übermoosen. Die Fähigkeit, ähnlich zu werden, potenziert sich mit jeder Einfühlung, wird zur Fähigkeit,

Metamorphosen einzugehen, schließlich zur Fähigkeit, gleich zu werden. Gleich gültig.

Die Ähnlichkeit des Menschen mit aller Natur, wie sie im Mythos und Märchen von der Alraune verschlüsselt liegt, greift von der Erscheinung auf die Sprache, auf das Denken über. Denn die Alraune ist das All-Raunen, die prinzipielle Gleichheit alles Seins. Und schließlich erfasst dieser Trieb alle bewussten und unbewussten Funktionen, alle Teile des Individuums, bis es sich selbst gegenüber ganz gleichgültig ist und alles Beliebige sein kann. Ich blicke die Kiefer an oder das Moos, lade die Pflanze auf, und wenn ich sie mit mir aufgeladen habe, spiegelt sie mich wieder und ich sie. So kommt auch die Pflanze auf mich zu, sie wird zur Insel im Raum, sieht nur noch mich, wird eins mit mir. Das ist alles so einfach, dass es sich nicht beschreiben lässt.

Schreibe ich wie jetzt, wie schon so oft, das Wort Moos nieder, fallen meine Augen mit den beiden mittleren Buchstaben ineinander. Ich falle in Räume von dunklem Grün, durchschwimme Algenwälder, aus denen die Moose geboren wurden, sinke in Zellen, flaschenförmige Kanäle, dringe, ein farbloses Spermatozoid, an die Spitze dieser flaschenhälsigen Schächte, treibe tiefer, weiter zurück, doch immer ist die Bewegung nach vorwärts gerichtet, lang gestreckt jage ich durch zellwandlose Gebilde, Plankton-Ozeane heben sich, senken sich, das Himmelsblau verschwindet, das Chlorophyll ist abwesend, graue Nebelschleier überall, ich tropfenförmig, wassergleich, große weiße Flecken wuchern über einen farblosen Himmel, die Leinwand wird sichtbar, das leere Papier, der grobmaschige Raster. Wind nimmt mich auf. Ich wehe. Kreisend endlos. Kühler Anhauch. Schattig graue Wolkenfetzen. Schneekristalle. Sanftes Fallen. Augenaufschlag.

Auf der Decke liegt Schnee. Ein Moos der Kälte. In meinem Bart funkelt Schnee. Mein Gesicht brennt in der Kühle.

*

Wo Mooskissen den Boden bedecken, hält der Winter dem Märzwind viel länger stand. Das Schmelzen durchtrieft seit Tagen den Wald, der Klammheit zeigt, nackt wird. Ein Schmatzen lockert die lange Starre. Träges Getropfe vom Dach. Oder vom Überall. Sonnenstrahlen lecken an Schneeresten. Wind treibt schwadigen Dunst vom Boden auf. Die Erde gähnt und dreht sich. Allmächtiges Dehnen. Gelenke des Frosts springen wie Wurzeln aus der Tiefe. In den Sandwegen sickern verkrustete Klumpen als Schlamm zurück in ihr Einerlei. Ein Lösen, gemächliches Ziehen, ein Strecken, Schneedecken rollen zusammen. Letzte weißgraue Kissen klammern dem Moos sich in die Arme. Schwärme von Staren vor dem grauen Himmel. Manchmal ist eine Bahn von Blau dazwischen. Etwas hebt sich. Gras säuft Schmelzwasser. Aus den Kiefern, Eichen, Birken fällt kraftlos die Kälte. Es träufelt. Es tropft. Der Winter taumelt. Es taut. Es wächst. Es wuchert. Etwas winkt. Ein Wind ist immer da. Der Winter schwindet. Im Schwinden schwillt etwas. Der Puls schlägt unruhig. Das Herz springt im falschen Takt.

Ich fahre nach Wiefelstede. Der Arzt horcht. Nickt mit dem Kopf. Horcht. Klopft. Nickt mit dem Kopf.

– Sie kennen das schon?

Ich nicke mit dem Kopf, nenne ihm das Medikament. Er nickt mit dem Kopf, schreibt ein Rezept. Der Apotheker kann es nicht entziffern. Ich nenne ihm das Medikament. Er nickt mit dem Kopf. In der Konditorei bestelle ich Tee. Dreimal täglich sieben Tropfen. Es tropft.

Es taut. Es wird ruhiger. Ich gehe durch das Dorf. Es hat sich viel verändert.

Die Kirche steht in der Mitte. Sie steht dort seit sechshundert Jahren. Sie hat sich nicht verändert. Die Grundmauern sind aus Granit-Findlingen gehauen. Erinnerungen an die Eiszeiten. Sie reichen mir bis an die Stirn. Darüber türmen sich verwitterte Ziegel, verklammert mit rostigen Schmiedeeisen. Überall Moos. Über Fugen und Ritzen und Schründen und Spalten. Die Tür ist angelehnt. Ich will nicht hinein. Ich bleibe draußen. Es ist zu früh. Der Friedhof hat eine große Schönheit. Man kümmert sich um ihn, aber man bearbeitet ihn nicht. Man lässt ihn liegen. Nur wo Plätze durch Verfall frei werden, gibt es Raum für neue Ruhe. Die Jahrhunderte liegen neben- und übereinander. Die Marmorsteine stören den Frieden. Sie sind fremd. Sie werden fremd bleiben. Ihre Oberflächen sind völlig glatt. Die Klaffmoose siedeln sich nur auf Urgesteinsfelsen an, auf Findlingen aus den Eiszeiten. Sie überziehen die Oberflächen mit dunklen, fast schwarz gefärbten Polstern. Sie lieben eine Erotik des Todes. Sie leben die Erotik des Erratischen, die den Tod überdauert. In ihrem Wachstum folgen sie allen Unebenheiten der Gesteinsoberfläche. Sie verankern sich fast untrennbar mit dem Stein. Sie bedecken die frommen Sprüche. Sie verwachsen die Namen. Sie wuchern über die Daten. Sie lieben die Kälte sehr, aber sie überleben die Sommer. Sie gehen gemeinsam mit den Wintern schlafen. Verharren in geduldiger Reglosigkeit, bis die Kälte zurückkommt und sie erweckt. Dann ziehen sie weiter über die Steine. Den Marmor aber meiden sie. Sie wissen, er kommt von Süden. Er ist zu warm. Zu glatt. Zu jung. Die Klaffmoose lieben die Kälte. Und das Alter. Im Frühjahr schlafen sie ein.

Moos. Grab der Steine.

*

Während das Klaffmoos einschläft, um den Sommer zu überwintern, werten alle anderen Moose die Schneeschmelze zu Nahrungsaufnahme, Wachstum und Fortpflanzung um. Die thermodynamische Tatsache, dass Schmelz- und Gefrierpunkt identisch sind, bekommt hier eine biologische, botanische Evidenz. Die Tatsache ist so unbestreitbar, wie die Identität von Liebe und Tod unbegreiflich ist.

Seit meinem Aufenthalt auf dem Friedhof fühle ich mich im sich entfaltenden Frühling wieder so gesund, dass ich meinem Tod in guter Ruhe entgegensehe. Dass diese Gesundheit auch auf der Wirkung der Herztropfen beruht, ist eine andere unbestreitbare Tatsache. Sie erklärt aber nicht meine Todesbereitschaft, dies matte Herbeiwünschen. Ich habe mich ins Moos verliebt, und da ich spüre, wie diese Liebe erwidert wird, sehne ich den Moment herbei, ohne ihn künstlich beschleunigen zu wollen, da meine wachsende Fähigkeit, dem Moos ähnlich zu werden, Metamorphosen einzugehen, übergehen wird in die reine, nicht mehr deutungsbedürftige Identität. Das Leben der Pflanzen entspricht Tod und Ungeborensein der Menschen. Das Moos lebt nur im Hier und Jetzt, auf der Stufe der Gruppenseele, des Kollektivbewussten. Es hat sich der Individuation verweigert, dabei jedoch ein Höchstmaß lebendigen Selbstbewusstseins entwickelt. Denn es bildet ein völlig autonomes, unabhängiges Reich, hermetisch getrennt von der Tierwelt, ohne Verbindung zur übrigen Pflanzenwelt. Abgesehen davon, dass es ein Austrocknen der Böden verhindert, hat es keinerlei Nutzen. Das erklärt seine einzigartige Schönheit, deren Nutzen es allerdings ist, die Nutzlosigkeit des Nützlichen durch bloßes Dasein zu enthüllen. Um das zu erfassen, brauchte man eine Betrachtungs- und Beschreibungsweise, die die wissenschaftliche Undurchdringlichkeit durchscheinend macht. Indem ich einen Ruf nach dieser Darstellung höre, ihn aber wiederum mit meinen undurchdringlichen Begriffen übersetze, drehe ich mich im Kreis. Das ist die Rache des lebenslänglich botanischen Blicks.

Wohl ist auch in dieser Wissenschaft Annäherung verborgen; auch sie führt an das Unaussprechliche heran, über das Nennbare hinaus, aber sie erreicht es nie, kennt den Namen des Namenlosen nicht. Umso mehr weil sich in unseren Tagen die wissenschaftliche Erkenntnis immer schneller und umfassender ausdehnt, ins Größte wie ins Kleinste. Die Vermehrung des Wissens vermindert nicht die Rätsel, sondern vermehrt sie, enthüllt nicht das Geheimnis, sondern wirft ihm immer neue Schleier über. Jeder Terminus auf einem neuen Phänomen, jede beantwortete Frage wirft tausend neue Fragen auf, macht tausend neue Termini nötig. Eine zärtliche Wissenschaft, wenn es je so etwas gäbe, müsste sich stärker auf die Suche nach dem Schönen machen, das wie ein Moos des Wissens ist. Sie würde dann merken, dass Schönheit und Wahrheit identisch sind.

Aber die Wissenschaft zehrt nur von der Fülle und beutet sie aus im botanisch stechenden Blick. Der Blick, den ich suche, müsste die Natur aus dem Ungesonderten nicht ins Katalogisierte münden, sondern durch dies hindurch wieder in die Fülle strömen sehen. Diesen Blick habe ich an Kollegen nur einmal gefunden: In Marjories Augen, wenn wir auf unseren Spaziergängen wussten, dass wir mit dem Kopf durchs Moos laufen könnten. Häufig glaubte ich diesen Blick auch in Museen gebannt zu sehen, in Gemälden, deren Naturanschauung die gnadenlose Eindimensionalität des nutzenorientierten Beobachtens zugunsten eines auf Identität zielenden Betrachtens überwand.

Einmal sprach ich mit Mandelbaum darüber, der mich verstand, mich aber warnte, als er sagte:

– Die wissenschaftliche Beobachtung ist auch eine Kunst, die gelernt sein will. Aber wenn man Kunst daraus macht, sieht man, ohne zu verstehen. Halten Sie es mit Goethe, Ohlburg. »Da im Wissen«, sagte der, »sowohl als in der Reflexion kein Ganzes zusammengebracht werden kann, weil jenem das Innere, dieser das Äußere fehlt, so müssen wir uns die Wissenschaft notwendig als Kunst denken, wenn wir von ihr irgendeine Art von Ganzheit erwarten.« Aber Vorsicht, Ohlburg …

Damals, auf meiner Promotionsfeier, als Mandelbaum mir diese Worte, schon etwas weinselig, ans Herz legte, glaubte ich sie zu verstehen. Jetzt liegen sie in meinem Herzen. Jetzt verstehe ich sie, weil ich ihren Sinn erfahren und erlitten habe. Mandelbaum litt wohl selber an der Wissenschaft, aber er wollte dies Leiden mit sich selbst kurieren. Er suchte den archimedischen Punkt, wo Wissenschaft mit Wissen zusammenfällt. Er wird ihn gefunden haben im Moos der Wahrheit, im Tod. Dort wuchert das Wissen aus den Fugen der vermauerten Wahrheit.

*

Seltsame Rückfälle ins Schattenreich der Terminologie! Das Frauenhaar-Moos sticht unter allen Waldmoosen durch seinen stattlichen Wuchs und seine überaus üppige Entwicklung hervor. Dieser Ruf, dem ich lausche, dieser Blick, den ich vermisse, sie strömen aus seinen wulstigen Kissen, aus seinem Geruch, wenn ich es zwischen den Fingern zerreibe, aus seinem Streicheln, wenn ich meinen Kopf hineinwinde. Die Erinnerung an das, was uns zugestoßen ist, und die Erinnerung an das, was uns nicht zugestoßen ist, verbirgt sich ja nur zum kleinen Teil in unseren Hirnen. Denn unsere Köpfe sind Walnüsse, zwei gewundene Hälften in harter Schale. Aber die Erinnerungen und das Wissen stecken in jedem Teil unserer Körper. Weil wir nicht mehr wissen, wie wir mit unseren Hirnen erinnern können, wissen wir erst recht nicht mehr, dass wir mit unseren Körpern erinnern können. So wissen wir nur, dass wir nichts wissen. Und kaum das. Das Frauenhaar-Moos ist, wie alle Bryophyta, wie alle Moospflanzen, ein Schlüssel, ein Modell, um zurückzufinden ins Erinnern, ins volle Wissen. Denn sie sind wurzellos. Die wichtigste Aufgabe, die bei den anderen Pflanzen die Wurzeln übernehmen, die Aufnahme des Wassers und der gelösten Nährstoffe, wird von der gesamten Oberfläche der Moose geleistet. Und nur durch Wasser pflanzen sich die Moose fort. So ist der gesamte Körper des Mooses nicht nur ein einziges Sexualorgan, sondern alle Körperfunktionen des Mooses verfügen über die endlose Erinnerungsfähigkeit. Denn die Fortpflanzung durchs Wasser ist die Erinnerung des Mooses an seine Herkunft von Algen, aus Ozeanen des Karbon. Und diese Erinnerung wird immer und immer wieder wachgerufen durch das Wasser, nur durch das Wasser.

Das Wasser des Baches ist eiskalt. Unsere Füße sind rot geschwollen, blasig vom Weg. Sie baumeln in der Strömung.

Marjorie sagt:

– Wenn ich jetzt meine Füße als Fische davonschwimmen ließe, wäre das eine seltsame Form der Zellteilung.

– Mir sind andere Formen der Fortpflanzung aber lieber.

– So?

– Ja.

– Und welche zum Beispiel?

– Wenn wir uns dahinten ins Moos legen, zeig ich's dir.

– Aber Moos pflanzt sich doch auch ungeschlechtlich fort.

– Schon. Aber es gibt eine angenehme Grundlage für höher entwickelte Systeme ab. Weißt du das nicht? Du als Schottin aus deinem moosigen Hochland?

– Nein. Weiß ich nicht.

Die Strömung drückt ihre Füße gegen meine. Die Berührung in strudelnder Feuchtigkeit. Ein vegetativer Stromstoß.

– My foot won't move, sagt sie.

– Versteh ich nicht.

– My foos won't moos, sagt sie stimmlos vor sich hin.

– Was sagst du?, frage ich.

– It makes no sense, sagt sie. So that's why it makes sense. Jetzt verstehe ich, denn es reißt uns zusammen in der Symbiose, auf die wir seit Wochen gewartet haben. Wir sind reif. Wir gehen zum Moos. Wir liegen im Moos. Wir sinken ins Moos. Es umhüllt uns. Es wächst über uns zusammen. Es wuchert durch uns hindurch. Wir zerfließen in ihm. Es fängt uns auf. Es teilt uns. Es führt uns wieder zusammen. Es weicht zurück. Dringt hinein. Saugt. Streichelt. Fächelt. Kühlt. Wärmt. Unter seiner nachgiebigen Weichheit die Härte der Felsen. Sie gibt nach. Ein Fallen. Schweben. Kurzer Tod. Ein Wiedererwachen. Ein freier Fall ins wunschlose Glück. Sanfter Schweiß hat uns verschmolzen, als ob unsere Körper eine spezifische Form des Mooses produziert hätten. Das Moos auf den Felsen verwächst mit diesem Körpermoos. Es trocknet uns. Wir trocknen zusammen. Wir sind wieder zwei.

Tropfen auf meinem Gesicht. Schweiß. Oder Tau vom Frauenhaar-Moos, in dem ich liege. Ich weiß es nicht. Ich höre Mandelbaums Stimme, während ich die Schweißflecken auf Marjories Bluse betrachte. Mandelbaum lässt seine Braunalgen ›Ectocarpus siliculosus‹ sein und segelt in Bereichen, in denen das Seminar nicht weiß, ob es schlafen oder hellwach sein soll.

– … hat das Leben das Thema der Verbindung zweier sich ergänzender Zellen mit einer Phantasie, die jede, ich wiederhole, jede Vorstellungskraft übersteigt, bis in alle Unendlichkeit variiert.

Marjorie senkt lächelnd die Augen. Ihre Schweißflecken wachsen.

– Wenn wir dem Strom des Lebens von seinen Ursprüngen an folgen, die Algen hatten wir schon, die Moose kennen Sie inzwischen auch, …

Unsere Füße stoßen zusammen.

– … werden die Arten der Verbindungen immer unterschiedlicher, immer reicher, bis hin zur unendlich spitzfindigen Strategie der Orchidee, bis hin zur höchsten Höhe der menschlichen Liebes…, äh, na ja. Aber das Prinzip der Veränderung bringt auch ein Übermaß an Ungewissheit und Unruhe mit sich. In der Natur wie übrigens auch im gesellschaftlichen Leben. Ich meine nicht die Pseudoveränderungen der politischen Braunalgen, mit denen wir es in diesen Tagen zu tun haben.

– Ad rem, Mandelbaum!

– Hört, hört!

Die Zwischenrufe sind drohend. Die Braunalgen breiten sich aus. Wir schlendern durch den Englischen Garten. Marjorie sagt:

– I don't think I'll stay in this country.

Wenn sie böse ist, spricht sie englisch, wenn sie zornig ist, spricht sie schottisch. Jetzt spricht sie schottisch.

– These people sell the truth. I'm going back. The highlands are green. Munich turns brown. Sorry, Lukas.

Marjorie reiste. Sie nahm ihren Blick mit. Beim Abschied Tränen.

Die Tropfen auf meinem Gesicht. Schweiß. Oder Tau des Frauenhaar-Mooses. Oder Tränen. Wessen Tränen? Ich lausche dem Ruf. Ich suche den Blick. Ich habe ihn einmal wiedergesehen. Sie hatte das Studium aufgegeben, geheiratet, drei Kinder. Der Blick war immer noch da. Ich reiste weiter.

*

Meine Mutter fürchtete die Schlangen. An warmen Sommertagen gingen wir über Henntings Weiden zum Spohler Forst. Voran mein Vater, den wappenbeschlagenen Wanderstock schwingend, gefolgt von Mutter, eingerahmt von uns Kindern. Den Schluss hielt das Mädchen mit Picknick-Korb, Sonnenschirm und Decke. Wir wählten immer die gleiche Lichtung unter einer breitkronigen Eiche, aber bevor die Decke über Kräuter, Gras und Moose gebreitet wurde, musste mein Vater den näheren Umkreis mit seinem Stock durchstöbern, um mögliche Schlangen zu verscheuchen. Einmal nämlich war eine harmlose Blindschleiche verschreckt unter der Decke hervorgekommen und hatte sich blitzschnell zwischen den Gräsern davongemacht. Allerdings nicht schnell genug, um meine Mutter nicht einer Ohnmacht nahe zu bringen, die das Mädchen, das selbst in hysterische, aber noch relativ kontrollierte Kurzatmigkeit verfallen war, mit dem Einsatz eines Eau-de-Cologne-getränkten Taschentuchs noch grade abwenden konnte. Das Picknick war freilich verdorben, denn auch mein Vater, der sich nichts anmerken ließ, muss tief erschrocken gewesen sein, denn er drängte, »Mutter zuliebe«, auf sofortigen Rückmarsch. Solche Rücksichten auf »weibische Zicken« waren normalerweise nicht seine Sache, aber wie die Feuchtigkeit war ihm alles, was kriecht, unheimlich.

Ein anderes Mal, das Mal, das mir vorhin durch die Fingerspitzen fuhr, als ich mit den Händen durch ein dichtes Kissen Frauenhaar-Moos strich, waren meine

Eltern, das Mädchen und ich allein. Franz musste wegen einer schlechten Schulzensur zu Hause bleiben und lernen. Die Schlangen, falls es welche gab an diesem Augusttag, waren verjagt, das Essen war verzehrt, mein Vater lag, mit offenem Mund schnarchend, lang ausgestreckt auf der Decke. Neben ihm saß Mutter, die in ihrem Modejournal blätterte. Das Mädchen las Romane. Ich streifte durch das filzige Unterholz, das unsere Lichtung einfasste, geriet etwas abseits der Wege und stieß auf einen modrigen Tümpel, in dessen Schlamm und dicker Entengrütze ich nach Fröschen suchte. Ein unter der Wasseroberfläche liegender Ast ließ mich stolpern. Ich stürzte der Länge nach in den faulenden brütenden Morast. Durchnässt und stinkend lief ich zur Lichtung. Meine Mutter entsetzte sich, mein Vater lachte kurz auf und schlief weiter. Zum nächsten Baggersee mochten es etwa fünfzehn Minuten zu Fuß sein, und also schickte meine Mutter das Mädchen los, mich und meine Kleider zu waschen.

Sie nahm mich an die Hand und ging mit mir dorthin, durch Schwüle, die einen Gewittersturm ankündigte.

– Zieh dich aus.

– Du musst aber weggucken.

Sie drehte mir den Rücken zu. Ich zog meine Sachen aus und sprang ins Wasser, schwamm weit hinaus. Das Mädchen wusch am Ufer notdürftig Hemd und Hose aus.

– Komm zurück! Du sollst dich waschen!

– Hol mich doch!

– Komm zurück! Ich sag's deinen Eltern!

– Alte Petze! Hol mich doch!

Und dann stieg sie plötzlich wirklich aus dem hellblauen Sommerkleid, fuhr aus der Unterwäsche, sprang ins Wasser und schwamm mir nach.

– Nicht so schnell, Lukas. Ich kann nicht gut schwimmen.

Ich wurde langsamer, drehte mich auf den Rücken, spielte »toter Mann«, sah in die Sonne, schielte aber in einer ganz unbekannten Neugierde auf diesen Körper, der da mit ungeübten Bewegungen das Wasser teilte und auf mich zukam. Sie zog mich am Bein.

– Komm jetzt endlich.

– Zieh mich doch.

– Das kann ich nicht.

– Ist doch ganz einfach. Franz kann es auch. Ich mach mich auch ganz leicht.

Sie sah mich nicht an. Ich sah sie nicht an. Ich legte meine Hände auf ihre Schultern, machte mich leicht. Vor meinen Augen das rotblonde fließende triefende Haar. Unter mir spreizte und schloss sie in hastigen Zügen die Beine. Ihr heftiger Atem.

– Es geht nicht.

– Gut, ich zieh dich.

Ich legte mich auf den Rücken, griff sie unter den Achseln, fühlte, wie sie zusammenzuckte, fühlte die Ansätze ihrer Brüste, fühlte ihren Rücken im Wasser sich heben und senken, fühlte ihn auf meinem Bauch, fühlte mich steif werden, schwamm, griff fester unter ihre Achseln, stöhnte, keuchte, hörte ihren stoßweisen Atem. Als wir Boden unter den Füßen hatten, blieben wir nebeneinander im Wasser stehen. Ich begann mich zu waschen.

– Mach das richtig. Du musst reiben.

– Mach du mal.

– Dreh dich um.

Sie watete auf mich zu, rieb in langsam kreisenden Bewegungen meinen Rücken, schöpfte Wasser mit den Händen, rieb über Hüften, Schenkel.

– Vorn musst du selber machen.

– Nein, bitte, mach du.

Ich drehte mich ihr zu, sie hatte die Augen geschlossen, strich über meine Brust, meinen Bauch, berührte meine kindliche Härte wie zufällig, dann noch einmal, griff fest zu, schob und rieb, nahm meine Hand, führte sie zwischen ihre Schenkel, führte sie in fahrigen Bewegungen durch ihr rotblondes Moospolster. Charakteristisch für alle Polytrichales, für Katharinen-Moos und Frauenhaar-Moos, ist das unterentwickelte Stämmchen, das sich, bei Nässe, am Boden kriechend wie schwimmend ausbreitet. Sie atmete schwer. Ich wusste nicht, was ich fühlte. Die oberen Ästchen sind, mit Ausnahme der fast kahlen Basis, mit dichten, weichen Blättchen behaart. Diese verbreitern sich an der Basis zu einer Scheide. An der Spitze der beblätterten Äste erscheinen, in einem rötlich gefärbten Filz aus Hüllblättern, die Geschlechtsorgane.

Sie stieß mich plötzlich von sich, sprang aufs Trockene. Wie sie in ihre Kleider fuhr, leuchtete das Moos.

– Wir müssen zurück. Zieh dich an.

Sie nahm mich nicht mehr an die Hand. Ich war zwölf.

Wir gingen schweigend zurück. Erste schwere Regentropfen fielen.

– Wo bleibt ihr denn?, schnaufte mein Vater.

Meine Mutter sagte:

– Jetzt werden wir alle nass.

*

Das gleichmäßige Strömen eines milden Landregens hüllt alles in graublaue Schleier. Die Grenze zwischen Herbeiwünschen und Geschehenlassen wäscht immer mehr aus. Das Moos kommt auf mich zu. Um ihm mit meinen hilflosen Mitteln entgegenzugehen, schaffe ich die Feuchtigkeit, die sein Leben braucht. Im Regen laufe ich umher. Im Regen lege ich mein Ohr an die Erde und lausche dem lauter werdenden Ruf. Ich blicke die Tropfen an, und sie blicken zurück. Bevor ich zu Bett gehe, befeuchte ich meinen Körper. Manchmal im Traum gelingen mir Tränen. Die Befruchtung der Eizellen kann nur vollzogen werden, wenn die Moose benetzt werden von Tau oder Tränen, fließendem Wasser oder Regen. Meine Liebe erfüllt sich. Im Regen höre ich manchmal Mandelbaums Stimme, hoch über, tief unter Braunalgen, Moosen.

– Zur Liebe gehört der Tod. Solange sich Zellen durch Zellteilung vermehren, ist ihr Fortbestand in grader Linie ohne Unterbrechung gesichert. Aber es sind keine einmaligen Individuen, und sie nehmen keine unersetzlichen genetischen Erbanlagen mit in den Tod. Diese bleiben erhalten als Klone in anderen Zellen, die alle von demselben, weit entfernten Vorbild stammen. Liebe aber heißt Diskontinuität zwischen Eltern und Nachkommen. Die Nachkommen beseitigen zwar ihre Vorfahren nicht mehr genetisch, wie bei der Zellteilung, sondern nur noch psychologisch durch Ablösung und Überwindung. Dennoch erhält die Liebe immer das Leben der Eltern. Sie lässt etwas zurück. Aber dieses Etwas eliminiert das Leben sehr schnell. Eine Welle, ein Regenschauer, so rollt es darüber hinweg. Es hinterlässt keine Spuren. Was da weggeschwemmt wird, was der Tod fortspült, sind einzigartige einmalige Lebewesen, die nie wieder absolut identisch reproduziert werden können. Denn was Sie sind, Ohlburg, was ich bin, wird nie wieder sein. Nie. Der Tod ertränkt für immer die einzigartigen Exemplare, die wir sind. Das ist unsere Einzigartigkeit, denn bei der Alge gelingt dem Tod dies Auslöschen nicht. Das Einzige, was von uns überlebt, sind unsere Werke, die Kinder unseres Geistes, unseres Wissens und Fühlens. An ihnen bricht sich der Strom des Todes. Sie bleiben. Sie dauern als unorganisches, immaterielles Abbild dessen, was wir sind. In ihnen wuchert unser Wesen fort, mutiert sich in den Köpfen der Späteren. Bis das Vergessen, dieser Tod auf Distanz, dieser Tod, der als einziger seinen Namen verdient, bis dies schreckliche Vergessen auch die letzte Trockenheit durchdrungen hat.

*

Noch führt irgendetwas meine Hand und lässt durch sie grüne Zeichen auf dies Papier wachsen. Es ist sehr weich und großporig. Die Tinte zieht leise hinein. Es ist, als ob ich mitzöge. Dabei fühle ich mich immer weicher werden. Ein feuchter Anhauch umkreist mich, durchfeuchtet mich. Ich bin kühl.

*

Mai. Seltsam kühl gekommen. Als ich vor neun Monaten hier ankam, war der See See, der Wald Wald, das Moos Moos, umstellt von fremden Worten und Namen. Als ich begann, mich in das Moos zu verlieben, als ich merkte, dass auch das Moos auf mich zukam und meine Nähe mochte, da war der See nicht mehr bloß See, der Wald mehr als Wald und das Moos Anderes als Moos. Der Tod ist eine Landschaft fett und grün, durch die der feuchte Wind geht. Ganz weit hinten steht ein reetgedecktes Haus. Vielleicht ist es halb verfallen. Oder ausgebrannt? Der Regen spielt um die Gedankenfluchten und verfärbt ihre Grünlichkeit zum wässrigen Blau. Da sind auch Zweige an den alten Bäumen, an deren Rinde die Moose emporwachsen. Der Wind bringt die Zweige zum Klingen, Musikinstrumente des Allraunens. Das ist ein depraviertes Wort. Aber ich weiß, dass es wahr ist. Alles stimmt hier. Weil diese Landschaft in sich selbst eingestimmt ist, konnte sie mich mitstimmen. Da lässt sich's schwingen. Denn was mich umgibt, ist die eigentliche Heimat des Mooses, ein bestimmter Ort im Nirgends. Moose sind ja bekanntlich keine Kosmopoliten. Sie wurzeln wurzellos im Lokalen.

*

Ich kam nach hier. Nun bin ich im Hier. Jetzt und immer. Wenn ich mit dem Moos in die letzte Landschaft geschwommen sein werde, an den Ort der bewegten Ruhe, dann wird der See auch wieder See sein, der Wald wieder Wald, das Moos einfach Moos. Und sonst gar nichts. Ich werde Wald sein, See sein, Moos.

*

Etwas winkt. Etwas wächst. Etwas wuchert. Ich folge freiwillig willenlos. Alles ist gleich gültig. Ich wachse in alle Richtungen. Es wächst mich nach Überall.

*

Man wird sich daran zu gewöhnen haben, den Tod als das Beste zu betrachten, was dem Homo sapiens geschehen kann. Pflanzen wussten das stets und wissen es immer noch besser als wir Menschen. Es gibt eine undefinierbare und deshalb wahre, primäre Wahrnehmung pflanzlicher Individuen und Kulturen. Das Absterben tierischen menschlichen Lebens beeinflusst und stimuliert diese Wahrnehmungsfähigkeit enorm. Was der Mensch lernen könnte, wenn er gleichgültiger wäre, ist unermesslich.

*

Unter dem grauenhaften Terminus ›Leucobryum glaucum‹ wird die Schönheit des Weißmooses, des Ordenskissens, unter wissenschaftlicher Kontrolle gehalten. Ich schlafe gern auf ihm. Es gilt ja auch als Indikator, als Zeiger für waldwirtschaftlich abgenutzte, ausgelaugte Böden. Mir ist, als ob das grüne und liebliche Gewächs dort draußen lächele, mir winke; als ob es hinausdeute, voranschwebe ins Verheißungsvoll-Ungeheure. Und, wie so oft, mache ich mich auf, ihm zu folgen. Dass es in Kranzbindereien als Grabschmuck verwandt wird, lässt mich lächeln. Das Winken zeigt mir den Weg zum Blick. Ich sehe jetzt.

*

Moos entlässt seine Sporen bei der Reife nicht unmittelbar aus den Kapseln. Sie werden erst freigeschwemmt, wenn das umgebende Gewebe endlich verrottet ist. Oft erst nach einem Jahr. Oder später.

*

Es gibt eine kleine Familie rasenbildender Moose mit lediglich einer einzigen Gattung, ›Splachnum‹, die im Wesentlichen auf arktische Gebiete beschränkt ist. Aber seit einigen Tagen blitzt es ums Haus herum auf, was erstaunlich ist, nimmt doch die Wärme und Helligkeit beständig zu. Merkwürdig signalartig ist das leuchtend gelb oder rot gefärbte Schirmchen. Es hat folgende Bewandtnis damit. Mit seinem Flackern und dem indolartigen Geruch, den es verströmt, der mir stimulierend und betäubend zugleich aufsteigt, wie diese Familie nun in meinem Bart zu siedeln beginnt, lockt es Insekten an, die die Verbreitung der Sporen gewährleisten. Das ist ganz exzeptionell für Moose. Auch in der Wahl ihres Substrates, ihrer Heimat, die sie besiedeln, weist diese Familie eine lebenskluge Besonderheit auf. Sie wachsen ausschließlich auf faulenden organischen Stoffen. Vielleicht ist dies Moos unter allen Moosen das einzige, das sich eines Tages aus dem evolutionären Stillstand wird aufschwingen können ins bunte duftende Reich höherer Pflanzen. Diese Überheblichkeit, die ich ihm nachlässig gönne, während die Temperaturen steigen, ist am Ende ganz umsonst. Aber das Leuchten, das Schwärmen, der Geruch voll schwerem Blau, das alles ist ein Medium, in dem ich weiter reisen kann.

*

Ende und Anfang
*Zur Entstehung von MOOS**

Um 1980 dachte ich ernsthaft daran, Autor zu werden, Publizist, Schriftsteller, Dichter gar, wie auch immer man eine so merkwürdige Profession nennen sollte. Die Niederschrift einer Dissertation hatte mir Spaß gemacht, wie zuvor schon das Schreiben eines Textes, mit dem ich mich vor der Dissertation hatte drücken wollen und aus dem später der Roman »Ins Blaue« wurde. Ich konnte schreiben, ich wollte schreiben. Aber zur Dichterexistenz fehlten mir zwei wesentliche Voraussetzungen: Erstens hatte ich kein Geld, zweitens hatte ich keinen publizierbaren Text.

Ich hielt mich einige Jahre als Texter in einer Werbeagentur über Wasser und versuchte nebenbei, mit dem Ernst zu machen, was ich während der Arbeit an der Dissertation als Mangel erfahren und zugleich gelernt hatte: Ich schrieb, ich erzählte, allerdings Langweiliges, denn was da zu Papier drängte, war nichts anderes als ein recht unmittelbarer Reflex auf mein Problem. Ich schrieb nämlich einen Roman über einen Literaturwissenschaftler, der zwischen Literatur und Wissenschaft aufgerieben wird, weil er der Wissenschaft misstraut und der Literatur noch

* Das Nachwort ist ein Auszug aus dem autobiographischen Essay »Dichter wollte ich nicht werden«, erschienen in Klaus Modicks Essaysammlung »Ein Bild und tausend Worte« (Kiepenheuer & Witsch, 2016).

nicht gewachsen ist. Die Sache war, bei genauem Hinsehen, peinlichste Betroffenheitsliteratur und zugleich hüftsteife Germanistenprosa. Immerhin und glücklicherweise war meine Fähigkeit zur Selbstkritik so weit entwickelt, dass ich die Sache entschlossen in den Papierkorb wandern ließ. Tagsüber erarbeitete ich unterdessen in der mich recht großzügig nährenden Werbeagentur sprachspielerische Preziosen wie diese: »Mach doch keinen Heckmeck, sonst schleck ich dich vom Fleck weg«, und abends und an den Wochenenden schrieb ich Essays, deren Form als Changieren zwischen Akten jäher Imagination und rationaler Durchdringung meiner Situation entsprach. Ja, kein Zweifel, ich wollte jetzt, wenn schon nicht Dichter, so doch Schriftsteller werden, und irgendwie war ich auch auf dem Weg dazu.

Im Sommer 1982 saß ich eines sonnigen Spätsommernachmittags auf einem hölzernen Bootssteg an einem Baggersee, dessen sandige Ufer zum Teil mit Moos überwachsen waren. Dies Vordringen des Mooses auf unfruchtbarem Untergrund erschien mir, ich wusste nicht wie, als ein Symbol oder Bild für mein eigenes Problem, für mein Schwanken zwischen Diskurs und Erzählung, zwischen Abstraktion und literarischer Sprache. In meinem halbschlafartigen Dösen überfiel mich da plötzlich mit sanfter Gewalt eine Idee oder Vorstellung oder Vision, wie die angefangene und verworfene Erzählung zu machen sei: Um von dir selbst zu sprechen, wusste ich plötzlich, erzähle von etwas anderem.

So begann ich noch am selben Abend mit einem Text,

von dem ich vorerst nur wusste, dass er von Moosen handeln würde und wohl auch »Moos« heißen musste – nur dass ich von der Botanik des Mooses überhaupt keine Ahnung hatte. Ich recherchierte entsprechende Fachliteratur in Bibliotheken, und die Reibung zwischen der Trockenheit dieser Fachterminologie und der milden Vision, die mich an dem besonnten, moosigen Strand überkommen hatte, wurde zum Kraftfeld und zugleich Thema des Textes. Die Novelle »Moos« erzählt von einem alten Botaniker, dem gegen Ende seines Lebens die wissenschaftliche Terminologie und Nomenklatur fragwürdig und unbrauchbar wird, weil sie alles erklärt, aber nichts versteht. Und so kommt der Alte zum Schluss, ohne es recht zu wissen, ohne es recht zu wollen, zu einer neuen, fremden und doch vertrauten Sprache – zur Sprache der Literatur. Das Ende dieses fiktiven Alten war mein literarischer Anfang.

Der Text ist nicht sehr lang, aber ich brauchte ein Jahr, um ihn fertigzustellen. Anders als meine Dissertation, anders als meine unkontrollierten Schreibexzesse davor, machte er mir Schwierigkeiten. Denn jetzt, mit diesem Text, wollte ich wirklich Schriftsteller werden, und ich entdeckte bei der Arbeit an diesem Text erstmals so etwas wie literarische Disziplin. Und das heißt: Ich entwickelte den Ehrgeiz, möglichst keinen überflüssigen Satz zu schreiben und mit jedem Wort gleich nah am gedanklichen Mittelpunkt des Ganzen zu bleiben. Das musste mir sogar halbwegs gelungen sein, denn als ich das fertige Manuskript schließlich an Verlage sandte, geschah zu meiner freudigen Überraschung recht bald das, was mit unaufgefordert eingesandten Manuskripten unbekannter Autoren angeblich nie geschieht: Es wurde von Haffmans in Zürich, einem mittleren, damals recht renommierten Verlag, angenommen und erschien im Frühjahr 1984.

Das Buch wurde ein sogenannter Kritikererfolg – das heißt, es bekam durchweg positive Rezensionen, verkaufte sich aber nur sehr mäßig. Der komplette Titel der Erstausgabe lautete übrigens: »Moos. Die nachgelassenen Blätter des Botanikers Lukas Ohlburg. Herausgegeben von Klaus Modick«. Dieser Titelzusatz war seinerzeit eine Idee des Verlegers gewesen, gegen die ich mich vergeblich wehrte. Mir kam das zu indirekt vor, vielleicht auch zu pompös. Es stimmt zwar, dass der Text mit einer Herausgeberfiktion arbeitet, aber ich kann glaubhaft versichern, dass ich mir das ganze Buch selbst ausgedacht und es auch selbst geschrieben habe, nicht nur das Vorwort des angeblichen Herausgebers. Dieser Zusatz hat zu dem kuriosen Missverständnis geführt, dass ausgerechnet mein Debüt in manchen Bibliotheken nicht unter meinem Namen katalogisiert wurde, sondern unter »Ohlburg, Lukas; Nachlassedition, herausgegeben von Klaus Modick«. Kaum war ich endlich und wirklich Dichter geworden, wurde ich prompt zum Editor eines fiktiven Botanikers degradiert.

Aus Verantwortung für die Umwelt hat sich der
Verlag Kiepenheuer & Witsch zu einer nachhaltigen Buchproduktion verpflichtet. Der bewusste Umgang mit unseren Ressourcen, der Schutz unseres Klimas und der Natur gehören zu unseren obersten Unternehmenszielen.

Gemeinsam mit unseren Partnern und Lieferanten setzen wir uns für eine klimaneutrale Buchproduktion ein, die den Erwerb von Klimazertifikaten zur Kompensation des CO_2-Ausstoßes einschließt.

Weitere Informationen finden Sie unter:
www.klimaneutralerverlag.de

FSC
www.fsc.org
MIX
Papier aus verantwortungsvollen Quellen
FSC® C083411

Verlag Kiepenheuer & Witsch, FSC® N001512

1. Auflage 2021

Die Originalausgabe erschien 1984 im Haffmans Verlag.

Covergestaltung: Barbara Thoben,
nach dem Originalcover von Alban Fischer,
mit freundlicher Genehmigung von Bellevue Literary Press
Gesetzt aus der Minion
Satz: Buch-Werkstatt GmbH, Bad Aibling
Druck und Bindung: CPI books GmbH, Leck
ISBN 978-3-462-00088-7

Unverzichtbar für alle Leser der Bestseller »Konzert ohne Dichter« und »Das Grau der Karolinen«: Klaus Modick liefert ausführliche und erhellende Entstehungsberichte zu seinen erfolgreichsten Romanen und bietet faszinierende Einblicke in seine Arbeit an und mit der Literatur.

»Die Essays sind Spitzenstücke der literarischen Wiederbelebung.« *Gerd Haffmans, Die Woche*

Kreta 1943: Der deutsche Archäologe Johann Martens soll die Kunstschätze der besetzten Insel katalogisieren, die sich als Beutegut für Hitlers Germanisches Museum eignen. Der Einheimische Andreas wird zu seinem Fahrer und Führer, doch verbindet beide bald mehr. Die Lebensart der Kreter und noch mehr Andreas' schöne Tochter Eleni schlagen Martens immer mehr in ihren Bann. Als die Deutschen eine Razzia planen, muss er sich entscheiden, wo er steht.

»Ein kluges Buch« *Der Spiegel*

Klaus Modick erzählt die Geschichte des Schriftstellers Lukas Domcik, der aus einem Manuskriptfund Kapital schlagen will. Tante Theas Erinnerungen verpackt er als Roman und gibt die junge und schöne Maskenbildnerin Rachel als Autorin aus. Mit dieser unschlagbaren Kombination spekuliert er auf einen Weltbestseller.

Es ist das Jahr zwischen Mauerbau und Kubakrise, und plötzlich steht die Welt am atomaren Abgrund. Mittendrin Markus, der sich nichts sehnlicher wünscht als den ersten Kuss, während er mit seiner Agfa Clack die Momente festhält, die das Leben ausmachen.